U0024215

女人話題。

寒玉　著

在悠悠的人生路上，我尋找的是心靈唯一的伴侶；

在美美的世界裡，我冀望的是長長久久，而不是曇花一現。

永不矯揉造作的筆耕者

——試論寒玉的《女人話題》

陳長慶

繼《心情點播站》後，在短短的幾個月內，寒玉小姐又要出第二本書了。

書，雖然只是文字與文字的堆疊，但對於一位沒有顯赫學歷的作家來說，卻是淚水與汗水所凝結而成的。即使文中不是字字珠璣，各人對文學的認知與解讀亦有所不同，而又有誰能真正瞭解到一位筆耕者艱辛苦楚的創作過程，以及所付出的那份痛苦代價？當寒玉把《女人話題》呈現在讀者面前時，或許，除了她自己最清楚外，相信讀者亦能從這本十餘萬言的散文集中，取得一個明確的答案。

《女人話題》分二輯，輯一的十四篇散文，最早的一篇是〈少女的心思〉寫於一九八八年，最後一篇是〈一見鍾情良緣定〉寫於一九九二年，兩篇均發表於「正氣副刊」，迄今已有十餘年的歷史，也可說是她少女邁向少婦時期的作品。然而婚後的寒玉，背負相夫教子的重責大任，停筆達十年之久（一九九六至二〇〇六年）。輯二的十二篇作品，從〈烈嶼阿伯〉到〈女人悄悄話〉均為二〇〇七年刊載於「浯江副刊」與「金門文藝」的新作，也是她邁入中年擁有兩對兒女時期的作品。新舊交錯、做如此的歸類成書，或許是想讓讀者知道，她從事文學創作時的那段、艱辛苦楚的成長過程吧！

不可否認地，散文講求的是語言的優美，以及兼具知識性和可讀性，倘若以文學的觀點來說，顯然地，寒玉前後期的作品，的確有很大的差異。即使少女時期的作品，有其純真與清新之處，但後期的作品，已完全改變寫作方式，樹立自己的書寫風格，讓作品更具深度和廣度，也同時把她的文學生命，提昇到一個更高的層次，讓人刮目相看。然而，儘管數年來的辛勞已獲取應得的果實，相對地，她所流的血汗、所付出的代價，不知要勝過學院派出身的作家多少倍，這是毋庸置疑的事實。同為失學的人，方能體會出如此的心境，才懂得珍惜那份得來不易的成果，相信寒玉會同意我的觀點的！

從輯一的十四篇作品中，除了〈風采獨樹寫古屋〉、〈千里迢迢來相會〉外，其他十二篇，無論故事或情景，都具備小說的架構，但寒玉卻獨衷散文，沒有把它書寫成小說，殊為可惜。但從另一方面來看，卻又讓我們欣賞到她散文語言中的美感，譬如在〈討海人〉裡，她寫著：「老式建築，引人思古幽情，紅磚牆上，鑲著小小的窗子，整間屋宇，別有一番情調；由窗凝望，窗外天空一片無垠的藍，浮著白雲，遂成了素雅的底景。不遠處，有山、有海，山高深而奧妙，海上浪花則起伏有致，在山之麓、海之濱、河之堤，常有他們走過的足跡，在小天地流淌、傾瀉，手足之情愈深愈濃。」在〈戀在鄉野〉裡：「微微的風，掠過原野，搖動枝幹，枝葉互相激盪，發出聲響。嚶嚶鳥鳴，緩緩成韻，吹奏在樹梢耳底，而成群的鳥鳴，串串柔語，蘊含著柔和的甜蜜，牠們展其歌喉，自在地，於廣闊的天空中飛翔，累了，即棲息在枝梢。」在〈心結〉裡：「山徑疊著幾層蒼翠，海面亦遼闊無涯，鳥兒以燦耀的翅膀，穿梭著美麗明快的節奏，翱翔在天際，閃著祥和與活力，飛翔著美麗的夢，投入了起伏且略帶韻律的天地……。柔柔的月，灑下了如銀的光，幾顆星星，閃著鑽石般晶瑩，月光粼粼，一層白光，皎潔明亮。」類似如此感性而深具內涵的描述，在輯一的篇章中，幾乎都可以見到。倘若作者不用心去觀察、去體會，勢必寫不出那種樸素而自然的情景，更難以讓讀者感受到那份真、那份美！

然而，除了語言的優美外，在輯一的作品中，我們亦可發覺到一些含有啟發性的箴言。例如在〈千情萬緒〉裡，就有如此的美妙佳句：其一、「人生於世，有著春風得意的坦途，亦有坎坷難行的險路，失意時尤須下一番功夫、細密思考、不斷學習，方能逐漸克服自己的缺失。」其二、「成功有成功的道理，失敗有失敗的原因，無意間而觸犯的過失，足可讓人毀於一旦。發生這種事情後，後悔、心有不甘，埋怨和嗟嘆在所難免。所謂萬丈高樓平地起，不怠情，則憂煩疑慮盡失，可以再站起來。」其三、「有希望，竭力追求理想，自然美好，但絕不是將理想和希望託付在藐遠的構念裡，否則，就算運氣好，真能僥倖實現，也不過曇花一現，來匆匆、去也匆匆。」其四、「朋友是建立在互信、互助的情感下之友誼，所謂患難見真情，在苦難中相助，沒有怨言與目的，才是朋友間情感的流露與寫照。」倘若以高標準的文學眼光來看，這些文章的描寫，似乎盡是一些稀鬆平常的事。但如果仔細地閱讀和領悟，卻不難從其中獲得許多隱含著哲理的警句。因此，我們肯定作者書寫時的用心，即使只是一篇散文，卻不是一堆空洞的文字遊戲。

眾所皆知，「韻」是說話每一個音節收尾部分的聲音，我們在古詩詞或閩南語詩中經常可讀到，但在其他文類則不多見。然而，當我們進入到寒玉的散文世界裡，在某些情節中，卻也有讓人讀來心曠神怡的韻味。譬如在〈一見鍾情良緣定〉裡：一、「接踵的哀愁，欲訴無憑，誰聆聽？心海深處的嘆息，悲懣苦澀增哀吟。」二、「心吶喊，世途艱，憂愁災難添辛酸。」三、「憂愁災難，受創折磨，不知歡樂是什麼？」四、「繽紛笑語浸心窩，只是聚少離多，痛楚難受一人過。」五、「又是思緒縷縷，尋找快樂棲身所，豈知折磨這般多？」在〈風雲變幻一夕間〉則有：一、「淒涼語調滿心間，說得我淚漣漣，點頭應允隨身邊，做牛做馬亦甘願。」二、「氣難消，良心被狗咬，想來就煩惱！」三、「空中抓錢，不勞而穫，以後日子好過。」四、「軒聲裡、睡夢中，人事交纏一場空！」在〈風采獨樹寫古屋〉：「送前程，感觸良多！望來路，無限寂寞！」在〈千里迢迢來相會〉：「軍官親按無著落，它已故障沒能撥，擔憂返家遭數落，急來急去急死我！」這些含有韻味的佳句，除了古詩詞或閩南語詩外，或許，只有在寒玉的作品中，方能見得到。不管讀者們做何解讀，至少它是寒玉獨特的書寫風格，相信喜歡寒玉作品的讀者，必然會接受她這種別具一格的創作方式。

輯二的十二篇散文，全是寒玉二〇〇七年的新作。

當讀者們讀完她這些新作時，勢必可以清楚地發現，她已完全跳脫舊有的框架，以一種全新的書寫方式來呈現，那便是——寫實！

不可否認地，文學作品必須以情來動人，也惟有自己最熟悉、最瞭解的東西，方能寫得通俗易懂和感人。一篇好的散文，它欲表達的意象，往往都是作者本人所見、所聞、所思或所感。無論寫人、寫事、寫物或寫景，它所追求的並非是完整的故事性，而是捕捉它的側影和片斷，以及作者主觀的感受。然而，當筆者讀完寒玉的〈烈嶼阿伯〉，卻感到有點訝異，因為它除了有一個完整的故事外，無論情節的進展，人物的刻劃和結構，都已構成小說的主要元素，而且還是一篇超越水準的好小說。當然，這是筆者主觀的看法和認定，作者把它歸類為散文，自有她的理由。

〈烈嶼阿伯〉文中的主人翁林天守先生，據說確有其人，而且還是作者的父親；故事也確有其事，那是林天守坎坷的一生和奮鬥過程，難怪寫來那麼親切感人。該文不僅有濃厚的鄉土色彩，更把金門的民情風俗和傳統糕點融入其中，譬如：油食粿、麻花炸、寸棗糖、口酥、米香、糲粩、土仁糖、椪粿、紅圓、紅龜粿等，甚至還有女人的胭脂和椪粉。尤其是林天守往生時的描寫，更為感人：「喘息聲忽高忽低，他全身無力地躺在大廳龍邊處的一個角落，斷了最後一口氣，四塊木板迅速地抽掉一塊，他的身上裡外共穿十一層壽衣，金黃色的蓮花被覆蓋於身！人生百歲，終須一別……。」大凡一個有血性的人，看到如此的情景，想不掉淚也難啊！想必作者是含淚寫完這篇作品的。身為寒玉小姐忠實讀者的鄉親們，且陪她同聲低吟那首墾荒之歌吧：「我們過一江水，有路無厝，佛爭一炷香，人爭一口氣，只許成功，不許失敗，失敗了，沒顏面回頭！」該文曾榮獲第四屆浯島文學獎散文類佳作獎，如依小說類參加人數和水準而言，一旦參加該組，或許會有更好的成績。

〈浯島撿拾錄〉和〈下坑撿拾錄〉均為相同的書寫方式，其文體各由五個小標題彙集而成，它也是作者拋棄少女時期的生澀模式，以寫實手法展現文采的開始。從「追車的人」到「粽葉飄香」，每一個片斷，幾乎都是作者所見所聞或親身歷經過的日常瑣事。她細心觀察、詳加領會，用心記錄週遭所發生過的大小事端，並透過自己輕巧的筆觸，把真實的一面呈現給讀者。在「向神明借錢」那個單元裡，大人因手氣不好，擲不到向神明借錢的聖杯，反而由小孩子亂丟而擲到，並分別借到一萬、兩萬和三萬，而作者卻以「神明也真幽默，不借大人借小孩，那筆錢明年也是大人還呀！」一方面消遣神明，另一方面諷刺這個社會。雖然只短短的幾句內心話，卻讓人有神來之筆之感。

一位長年熱衷於文學的筆耕者，倘使能把自己多年來的心血結晶集結出書，而當第一本書呈現在自己面前、捧在自己的手上時，其興奮的程度的確是不言而喻。寒玉的第一本書《心情點播站》，筆者有幸蒙受她的信任，略施一份綿薄心力，也因此當新書問世時得以先睹為快。〈書懷〉寫的就是她出版第一本書的過程，但也穿插著許多回顧以及和友人的對話。文中有興奮、有感傷、亦有安慰。興奮的是她已從「坐家」擠進「作家」的行列，感傷的是「西洪毀我幸福，坪林毀我健康。」安慰的是「書懷，這文學之路，我曾走過！作者的後盾就是讀者，我寫自己也寫別人，許多願意將經歷告訴我的讀者，他們成了我最好的寫作題材！」綜觀整篇作品，文中的每一個字句，彷彿都是作者誠摯的心聲，溶解在裡面的，盡是無數的友誼馨香和祝福。《心情點播站》的出版，更把她的文學生命，提昇到另一個不同的層次，但願寒玉能珍惜這份得來不易的成果，奮力向文學的最高境界邁進，以免辜負讀者們對她的期望！

〈生活偶拾〉與〈多吃也沒一口〉均為較平實的裁體，題材也取自作者較熟悉的週遭。無論是陪女兒參加游泳訓練的「游泳篇」，或是作者親身去「護膚大體驗」，我們不得不佩服作者的觀察力。

誠然，愛美是女人的天性，每個人對美的認定亦有所不同，但構成美的要件卻很多，並非穿名貴服飾，戴金銀珠寶，打扮得花枝招展就叫美。真正的美，除了要有亮麗的外表和高雅的氣質外，如果少了內在的涵養，似乎也構成不了美。試想，倘若一件名貴的服飾穿在一個潑婦身上，是否構成得了美？一條廉價的淑女褲搭配一件舊襯衫，穿在一位長髮披肩、曲線分明的女士身上，則依然能突顯出她高雅的氣質和美感。因為是人穿衣，而不是衣穿人！人，勢必會隨著歲月而蒼老，但卻擺脫不了愛美的天性，無論男男女女都有這種通病。雖然我們不能否定護膚和美容保養品對人體的功效，但似乎也不必刻意地去追求和嘗試。即使它們能暫時遮掩人們的老態，然則不能讓那顆歷經滄桑的心年輕，因此，我始終認為自然就是美。

當讀者們進入到寒玉的〈心情故事〉時，首先讓我們感受到的是她那顆悲天憫人之心。她關心這個逐漸沉淪的社會，關心賣早點的夫婦，關心擺攤的攤販，譴責那些自私自利的人。在「解讀」一文裡，對那些曲解原意、錯誤解讀而對號入座的三姑六婆，更是撻伐有加。

坦白說，一個作家的偉大處，正因為不畏懼強權、不受利誘，誠如作者所言：「當自己的主人，寫該寫的事物，世界之大、題材之多，綁不了作者的手！」然而，正當我們為她所受到的委屈感到不平時，馬上又必須進入到她沉悶的「心情」裡。從「戀愛」、「分手」到「情殤」，每一則彷彿都隱含著一個不欲人知的故事在裡面，難道是作者內心的獨白？還是睡夢中的囈語？抑或是友人內心的感觸？這種書寫情境，在作者其他篇章中並不多見。

在「父與女」裡，作者數落的是一位受過高等教育的友人之女，由此我們可以看出，寫實的作者堅持的是對與錯、是與非，即使與這位友人相當熟稔亦常有互動，但依然不為他留情面，從該文可以看出，她批評的雖然是友人之女，相對地，也譏諷友人家教的失敗。敢說、敢寫，替自己的文章負責，或許是每一位作者責無旁貸的，但多數人還是以和為貴，不願輕率地得罪人，像寒玉這種不矯揉造作，敢說、敢寫、敢訓人的作家，在文壇上畢竟是少數。

〈女人話題〉是該書的書題作品，共有二十八則。同樣地，雖然取材自週遭的人、事、物，但每寫完一則，作者卻自告奮勇，加了一段「寒玉的話」，是否試圖為文中的人物指點迷津？還是擅自為該文下註腳？抑或是寒玉散文創作的新風格？無論她基於什麼，勇於嘗試或求新求變，似乎是一個作家成長的最主要元素。況且，作者正值壯年，能有勇氣來嘗試各種文本的書寫方法，而且還獲得讀者們的肯定和讚賞，確實倍感可貴。

誠然，筆者並不能針對文中的二十八則話題，一一加以分析和比較，然當我們看到話題之九，作者書寫一位得了「子宮頸癌」而情緒低落的女子時，經過她在文中的一番鼓勵，或許能達到意想不到的效果。讀者們請看寒玉的話：「年輕女子，我的年齡和妳相近，數年來，每當醫生宣布我有任何病症時，無論診斷真偽，我也很難過，但靠的是意志力在過日子。想想妳的家人，他們不願意妳就這樣離開，加油，努力下去，走到人生的終站，別再做傻事了！」適時散發愛心、提出鼓勵，倘若能讓病患早日恢復健康，也是功德一件。相信「寒玉的話」，必能發揮應有的效果。

讓作者耿耿於懷的是話題之二十六，她原本出於一番善意，書寫一對老榮民夫婦的鰜鰈情深，並在寒玉的話寫上：「攜手共度人生，祝你們白頭偕老！」的祝福之詞。而萬萬想不到文中的某一句話，卻引起老榮民夫婦的不滿和誤解，而登門質問。然而，寒玉並未因此而退縮，依然揮舞著她那支不向現實環境低頭的春秋之筆，寫她眼所見、耳所聞、心所感的各類文本，為這個紛紛擾擾的社會做見證。

「窮算命、富燒香」似乎是一般人的通病。即使作者沒有萬貫家財，但她卻忘了「貧者因書而富，富者因書而貴」這句名言。因為，她不僅擁有自己出版的書，家中藏書也無數，無論「富」與「貴」都同時兼備，竟然還想不開花錢去卜卦。

誠然，在紀元前即有陰陽五行的思想，且有將宇宙以金、木、水、火、土和陰陽來加以說明的哲學，因此我們不能否定它存在的價值。但是，大師為她占的卦，除了「新婦仔命」、「鐵帚命」、「刀剮命」外，竟然還加了一個「紅杏出牆命」，讓她啼笑皆非。

寒玉向來給人的印象是冷艷又高傲，據側面瞭解，她交遊不廣，亦很少在公開場合露面。出門無論探親、訪友或購物，均由先生陪伴，夫婦倆可說形影不離，甚至有模範夫妻之稱。而萬萬想不到，大師為她卜的卦，竟會落差那麼大，難道是時辰未到？果真如此的話，那她既然是「新婦仔命」，為什麼從小沒送人做養女？而「鐵帚命」、「刀剮命」會剋父，她的父親卻活了六十八歲，後雖因罹癌過世，然卻是兒孫滿堂，福壽全歸。若依現代人的壽命來說，雖然稱不上高壽，但如果真會剋父，她的父親焉能在人間遊戲兩百多個春夏秋冬？儘管作者筆下的〈紅杏出牆〉讀來輕鬆有趣，但也是對現時社會「窮算命、富燒香」的一種諷刺。

〈路邊的人物〉由三十則短文組合而成，它也是作者從路邊人物身上獲得的靈感。就誠如作者所言：「為文者，走到哪、看到哪、寫到哪，有些路邊小人物，看來雖不起眼，因為靠自己努力，而擁有一片天，怎不教人肅然起敬！而有些滿口仁義道德，卻躲在陰暗角落，興風作浪、暗箭傷人，此等人渣，相較之下，豈不汗顏？」

在這些短文中，幾乎每一則都能見到隱含著哲理的醒世箴言。作者談誠信、談謠傳、談承擔、談人格、談頭銜、談知足、談本性、談當官、談商家、談隱私、談義女、談口水、談模範、談家暴、談好小孩、談媽媽經、談調情高手、談婆媳不睦……，幾乎路邊人物的路邊事，全被她看完了、也談完了，但似乎還未寫完，因為路邊經常有新人物出現，或許寒玉正在細心觀察、詳加領會，不久勢必會有更精采的路邊軼事呈現在讀者面前。當我們讀完〈路邊的人物〉後，不得不佩服作者的觀察力和聯想力，如果沒有用心觀察再透過想像，而後一點一滴地記錄下來，那會有路邊人和路邊事的衍生。

〈女人悄悄話〉是作者對現實人生的一種批判，書寫的模式與〈女人話題〉類似，她始終相信，男女間除了愛情外，尚有友情的存在。其中看似是兩個單元，倘若仔細地閱讀，則可以發覺它們之間絕對有密切的關聯性，甚至是一篇很好的小說題材。但是，作者復出以來所書寫的作品，幾乎都是散文，似乎與十餘年前所奠定的小說基礎逐漸地疏離。不能讀到她那流露真情、獨樹一格的小說，的確讓讀者們相當的遺憾。

當然，我們也不能低估散文的可讀性，以及其應有的文學價值。從作者心中流露出來的那份自然的美感，當它轉換成文字時，更是讀者想欣賞、想閱讀的作品。因此，不僅僅是女性讀者想看〈女人悄悄話〉，相信寒玉廣大的男性讀者群，也會爭先來閱讀的。不管這篇作品的後段是她觀察所得，還是友人提供的資料，或者是她內心誠摯的獨白，隱藏在字裡行間的，似乎有一股令人難於臆測的濃情蜜意存在著。但願她心中美美的世界，不是曇花一現，而是長長久久！

綜上以觀，《女人話題》這本書，雖然是寒玉兩個不同時期的作品，然則各有可取之處，復出後的作品，更具有一股強烈的爆發力，但也因為她不矯揉造作，既敢說又敢寫，部分作品受到爭議和誤解在所難免。然而，她的寫實風格則必須受到應有的鼓勵和尊重，別忘了寫是一個作家必須善盡的社會責任，只要不指名道姓作人身攻擊，或無謂的漫罵和批評，讀者應該給予作家一個更大的創作空間，讓他們用筆來歌頌人間的真善美，也同時揭穿社會的醜陋和黑暗面。況且，世間雷同的事件多如鳳毛麟角，讀者務須以坦然之心、怡悅之情，來欣賞文學之美，沒有對號入座的必要。因為文學是超越一切的，一位有格調又堅持理想的筆耕者，絕不會受到外來勢力的影響而停筆！但願《女人話題》的出版，能讓寒玉的文學生命，邁向更高的境界！

二〇〇七年十二月　於金門新市里

輯二 147

輯一

風采獨樹寫古屋

清脆的聲響，劃破了滿屋的靜寂！
有關古屋的傳說，背景頗多，卻一項，亦不能確定！
歲月浸染，日夜守盼，它雖已斑駁古舊，但風采獨樹。
座落高樓大廈旁，換來冰霜一般的冷漠！
歲月輾過漸蒼老，它因輕蔑而心傷！
送前程，感觸良多！
望來路，無限寂寞！
生命，承受多少的撞擊？
屋宇，經歷多少的考驗？
實實在在的踏實作風，沒有一絲的哀怨與傷痛。
屋內的人，向前奔去，它的歡樂裡，漸藏著一絲哀怨！

儘管，最初與最終的容顏不一樣，但輪廓中，仍有似曾相識的線條。

它的執著、專注，沒有虛偽敷衍的應付！

它的溫馨、柔情，兼具著詩情畫意。

縱然，屋內的人，已背負行囊走天涯，但古屋，所融匯成的，是一股高雅古樸的氣韻，雖孤獨佇立，但不寂寞。

神清氣朗的感受，很快的，吸引了人的眸光，投入了它的懷抱，這一隅，讓人留連！

風舞動，柔柔清爽，兩頰子燦爛笑靨，步履輕輕古屋行，芳草綠樹來恭迎，輕輕的聲響，劃破了滿屋的靜寂，它孤單，但不寂寞！

音符心中跳動，屋內屋外，縷縷的和順！

古屋不孤，人影前行，它該露出欣慰的笑容！

千里迢迢來相會——擎天聚首

青山成嬌態，陽光露笑臉，汲桶井水洗把臉，消除暑氣，清涼芳冽，煙塵俱淨，洋溢著清靈秀緻！

電話鈴聲響，彼端傳來昂揚音，傳遞訊息心著急，尋求逃避的方式，然而，深深淺淺的辭句，聽耳裡，閃腦際，首肯，倩影捕捉上鏡頭，姿儀煥發展氣息，擎天聚首，千里迢迢來相會！

十二點，金湖鎮公所警衛幹事洪建智先生，來家中迎接，抵達了鎮公所，進入鎮長室，副鎮長程理達先生，正架著一副眼鏡，看著午間新聞，說道：「歡迎光臨！」洪先生遞來兩份報紙，分別為《金門日報》與《中國時報》，一直對地方報情有獨鍾，毫不猶豫地選擇了《金門日報》，雖然家中訂了一份，但要下午才看得到它的蹤影，能先睹為快，豈不愜意！

寒盡暑來，熱浪侵襲，裡邊的冷氣，舒緩了身軀的燥熱！

一點十分，另一位指派的女自衛隊員陳小姐，翩翩來到！勇於嘗試各種新突破的她，趁著年輕，將一頭烏溜溜的長髮削短，她的感想是：「清涼舒爽又好整理！」

來到這裡，雖有冷氣吹襲的涼風，但仍有情緒的發抒，她開口道：「誤上賊船！」

「沒這麼嚴重吧！」洪先生接著說：「上面說，要選派清新自然的女孩子，並且要造型好，尋遍全鎮，就屬妳二人最適合。

「街上還有很多漂亮的女孩子啊！」陳小姐又說。

「漂亮的女孩子雖不少，但有氣質的卻不多。」洪先生回答。

陳小姐低吟了一句：「誤上賊船！」然後，逕自往書櫃走去。

兩點，自衛總隊的蔡換生先生，帶著蔡小姐、陳小姐、黃小姐前來會合，五位金門女兵，由各鄉鎮推派，立即上車，朝迎賓館邁進！

原本以為，只是照個相、接受訪問後，就能回家。到了迎賓館後，才知道，《大眾周刊》端午節勞軍訪問團和影視人員，將於夜晚在擎天廳有一場晚會表演，全程錄影，於電視台播出。我們五位，亦將在下午接受排練，以展現金門女兵之昂揚氣度。聽後，眼瞳驚訝、恐懼加大，從未有離家至夜晚的經驗，思及離家前，雙親唇上串串纍纍的叮嚀，早去早回的話語，猶在耳邊響，深怕無法交代，挨了家法侍候，忍不住的，眼眶中，打轉著珠淚，原本，就擁有一對水汪汪的眼睛，此時，更見晶瑩。打聽幾點可回家？蔡孟峰少校告訴我，大概八點多吧！四處尋覓電話，終於在櫃檯找到，撥了回家，將情形告知，但沉靜的心情，卻翻騰了起來，左眼直跳、左耳直癢！

金防部的黃義雄上校頷首招呼，《大眾周刊》的連松濤先生，則與我們溝通演出內容，沒擬稿子，讓我們自己想出一套表演方式，問了我意見，沉思半晌，下了一個結論：「清新自然不矯揉、乾淨俐落展戰鬥！」

決定後，蔡先生指著我說：「由妳擔任班長，帶頭喊口令！」這是個露鋒芒的好機會，但我那從容的神色中，已帶點無奈，牽動著嘴角，推卻了這番美意。並且，推薦既年輕又熱情的陳小姐擔綱，五位中，就她的頭髮最短，最能凸顯出她的性格！

影視紅星，諸如杜雯、許效舜、鄭麗絲、孟庭葦、王瑞霞……等，正休息中，養精蓄銳，在晚會中，展其魅力！

兩點三十七分，抵達擎天廳！外邊的炎陽下，悶熱異常，裡頭，由花崗岩堆砌而成的擎天廳，涼爽祥和，但坑道中，有股陰濕的氣味！擎天廳，建於民國五十二年十月二十八日，岩上，有先總統　蔣公的題字，當嘉賓來到，燈光頻亮，就為攝下它，做紀念！

偌大的舞台，平時放映電影，擴大月會，亦在這舉行，遇有節目，即做表演。而字眼呈現，「以國家興亡為己任、置個人死生於度外」。岩石上，牆壁兩側，分別為：「整軍經武，維護民主自由；團結奮鬥，邁向民主統一」！

輕柔的音樂伴響，工作人員忙碌非常，台上的樂隊，看著樂譜練習；台下的影視紅星，蓄勢待發，紛紛上台展歌喉，熟悉場地免差錯！

一位女星，來回踱步，手指夾著香煙，吞雲吐霧！

靜坐等候，聽聞要九點三十分，節目才結束，大約此時，方能各自回程。翹首盼望，感覺孤獨，人在擎天，心在西洪，覓不著自動電話告知家人，心焦急！爬了數十階梯，終於借到了軍用電話，軍官親按無著落，它已故障沒能撥，擔憂返家遭數落，急來急去急死我！

等候良久，冷汗直流，奔來跑去，磨破腳皮。一臉失望，幸有憲兵伸援手，順暢線路就此過。

傍晚，迎賓車將我們載到擎天峰，陸續進入餐廳，接受司令官的款宴招待。地方好大，人亦好多，隊伍進行間，一位空軍中將問我：「妳是金門女自衛隊？」

「是的！」我回答。

「嗯，不錯，很有精神！」他讚美道。

人聲鼎沸，將軍不知又問了什麼？我沒聽清楚，而後面，又有其他隊伍進來，跟他點頭後，便隨招待人員，到指定的座位。

就位後，一聲令下：「開動！」然後，伸筷子夾食，軍隊中的紀律，一點亦不含糊。盡情盡興地，享受著阿兵哥親手烹飪的佳餚，難尋的美食，使山珍海味失色，湯的味美，使美酒無光，眾人食得津津有味，可想見味的鮮美！

車程數趟，頭已暈眩，體內的東西，慢慢往上騰升，才來，整個人就覺不對勁，要退席亦不妥，要留下更難過。沉思良久，為了禮儀規範，就陪坐到底吧！甚且，天色已暗，路癡的我，一定迷路。而節目尚未開始，怎能沒團隊精神呢？

大家邊吃，邊將目光望向我，紛紛開口，問我何以不伸筷子？不張嘴？我也很餓啊，但吃了穩吐，難為情呀！

回到了擎天廳，已是七點，看見座位，除一、二排，幾乎爆滿。一眼望去，有官兵同志、訪問團成員、女青年工作隊，還有幾位婦女朋友！

我們五位方坐下，位置還沒熱，就被招呼到後台的梳妝室，裡邊的兩位小姐，一為美容師、一為美髮師，打量了我們，身上著的是灰綠色制服，腳底，則心有靈犀地，穿了白色的鞋子，一番評估，髮型設計與舞台化妝，依個人特質，做了不同造型，一會兒功夫，我那中國小姐的髮型與高貴典雅的彩妝，就此誕生，搖身一變，姿色增了幾分！

昏暗的光影，照射每個人的臉龐，台下的觀眾席，彷彿有所期待，每一對眼睛，都帶渴盼的神情。

七點三十分，整個世界，黑沉極了，但轟雷一聲響，飛揚的旋律起，樂聲的引導，台下，驚喜萬狀，台上，卻是置身緊張的氛圍中！

端午節特別節目開始，甜美的杜雯，姿儀煥發，當選過中國小姐的她，台風十足地穩健，口齒伶俐，滔滔不絕，嗓音甜美。當她介紹女自衛隊出場時，掌聲如雷貫耳，在舞台正中央，立正站好，向各界首長及來賓致敬，燈光四射，耀眼刺目，使得雙瞳水汪。先前，我們和男主持人許效舜、陳為民先行溝通訪問內容，他倆要我們隨機應變。當每一位以柔和的語調，自我介紹之後，緊接著的訪問，的確不難，但是，沒有舞台經驗，臨時上陣，雖無糗態百出，但亦冷汗直流！

回到後台，鬆了一口氣，有人提議繼續看節目，我的歸心似箭，打消了此念頭，只想火速回家，再精彩的節目，亦不願多徘徊。

平日，從未涉及這類晚會，亦無機會外出遊玩，此回，盛情難卻下，一次的參與，頗多感懷！

夜深人靜，回到了家，父親大人早已坐在客廳，等候多時，他一臉嚴肅的端詳著我，從髮型到臉部化妝，很不能接受我今夜的造型，更不能原諒我，第一次參與活動，就那麼晚回家！在父親的訓示下，下了承諾，類似這類晚會，以後再也不參加了！

斗室面對鏡，卸著一臉濃妝，憶想今日片段！萬般事物，要用心去感受，才能啟發無窮盡的思考空間。腦中，鑲著方才的許多畫面，獨自思想著一片天地，靈魂悠閒、靈感湧現，振筆而寫這段小插曲，留點美麗的回憶，這麼多的朋友，來自不同的地方，卻同時聚會於擎天廳，多少熱鬧氣息的陪襯，節目圓滿。後方的貴賓，千里迢迢，不怕路途遙，會合戰地軍民同歡唱。

我們來自不同的地方，卻在瞬間，有緣聚會。
閃亮美好的日子，愜意溫暖！
擎天聚首，擁甜蜜記憶，亦許有一天，它已消遁在腦海，蕩然遙遠，曾走過，便值得記載。
今日相逢，笑靨漾在年輕秀麗的臉上。
明日的巧遇，淺淺的微笑，亦是一種招呼！
珍惜相聚的緣分！
懷念共處的時光！

討海人

一

清晨，露珠未乾，在幽雅伸展的花瓣上輕顫，芬芳的花，香氣橫溢，捎來了歡唱，一如枝頭的鳥兒，輕輕地啣來一份美好的邂逅，不凋的馨香，繽繽紛紛地綴飾著每一個日子。

迎著些微寒露，走在綠蔭大道，不遠處，播放著諧和的音樂，配合著晨霧迷濛般的曲調，蒞臨大地，優雅而甜美的步履中，精神有著清爽之意。

舉目樹叢，枝葉掛滿著火珠，徘徊片刻，萬花如錦地展列，一面走，一面體察、追尋，有微妙的感受。岑鳳麟抵達細心照料的小花園，一枝一葉一花，在晶光閃閃下，通體透明，富著生趣，光圈顯現，挺立的姿容滋潤於陽光中，流轉著一種特別的光彩，於明亮與暖和的空氣中，捕捉到了一種悠然情懷。

綠草鑽地而起，一簇簇、一株株，有它們的襯托，花朵愈顯亮麗，岑鳳麟用心地瞻仰這些花花草草，綠蔭、蒼翠，它的綠化、美化，領受生命脈動，由衷讚譽，她陶醉該處，心神領會，岑祥麟由背後抽了她一下，橡皮筋掉於地上，「嗨，老姊，又全神貫注囉，當心敵人偷襲喔！」

岑鳳麟被嚇著了，連忙轉頭，看到自己的弟弟，扮了個鬼臉，「你這樣不經意的出擊，我要死多少細胞呀？讓我多活幾年呀，君子動口、小人動手，留點風度。」

「對不起啦，不知道妳的膽子這麼小！」岑祥麟深深地一鞠躬，又好奇地問：「姊，妳的八字一定很輕，對不對？」

「還滿重的，你問這做什麼？」

「我聽人家說，八字輕的人，比較容易受驚嚇，晚上也不敢出門，他們白天跟一般人沒兩樣，一到晚上，到處黑漆漆的一片，很多人足不出戶，睡覺時，也門窗深鎖，一隻蟑螂、一聲貓叫，都被嚇得渾身顫抖，姊，妳呢？」

「胡說，我才不怕哩！」

「別鐵齒，姊！」

「你不相信就算，那你呢，最怕什麼？」

「我什麼都不怕，天上飛的、地上爬的，都不是我的剋星。」

「我知道，你最怕老鼠，看招！」岑曉麟由豬舍窗口丟出一條小繩子，隨後，拉開鐵門，跑了出來。

岑祥麟閃身，當他發現那不是老鼠時，重搥曉麟，「嚇我一跳，平日待妳不薄呀！」

「哥，我不知道你膽子這麼小，對不起啦！」

「好哇！小丫頭，妳敢學我說話，給妳五百塊。」岑祥麟作勢。

「救命啊！」岑曉麟躲到岑鳳麟背後。

「嚇妳的啦！」岑祥麟將手縮回去。

岑鳳麟看了他倆，「好了，別再鬧了，回去吃早點了！」

二

老式建築，引人思古幽情，紅磚牆上，鑲著小小的窗子，整間屋宇，別有一番情調；由窗凝望，窗外天空一片無垠的藍，浮著白雲，遂成了素雅的底景，不遠處，有山、有海，山高深而奧妙，海上浪花則起伏有致，在山之麓、海之濱、河之堤，常有他們走過的足跡，在小天地流淌、傾瀉，手足之情愈深愈濃。山明水秀的地方，生於斯、長於斯的他們，每一個季節都仔細地感受。

岑鳳麟將土司、荷包蛋遞到餐桌，另沖泡了四杯牛奶，祥麟、曉麟跑來，上氣不接下氣的說：「姊，鈺麟起不來了！」

鳳麟情急下，打翻了杯子，牛奶溢出桌面，慢慢地滲到椅子、地上，三人奔到臥房，一齊搖動著鈺麟，鈺麟動也不動一下，但鼾聲起伏有致。

祥麟說：「我打電話叫救護車。」

這時，鈺麟伸個大大的懶腰，由床上坐起。

「你沒事不要搞這玩意兒，害我們窮緊張一場，你到餐廳看看，待會兒姐還要去洗地板呢！爸媽不在家的這段日子，收斂一點。」祥麟說。

「爸媽回來就好了，他們不在，你們都欺負我。」鈺麟哭泣。

「我們哪有欺負你！」祥麟辯白。

「你們到哪裡都不讓我跟啊！」

岑鳳麟終於明白，急忙說：「我們有早睡早起的習慣，你又喜歡賴床，總要睡到太陽照屁股。」

「哦，那是我的錯！」鈺麟低下頭。

「不是你的錯，是床母娘娘太寵你了！」曉麟糗他。

三

他們四人坐在海堤的長凳上，聽抖著光帶的海在嘆咏，長凳旁有著些許小石子，鈺麟彎腰，拾起一塊，拋向海中，海水奮起漣漪，他的心情豁達暢然，烏亮眼睛看著兄姊們，他想引起共鳴，當他將目光投向鳳麟，霎時頓住了，她配合著動作，手指捏著眼皮、嘴中念念有詞：「右眼來、左眼去、好事來、歹事去！」

同樣的話、同樣的動作，她重複了三次，然後對他們說：「回家吧！」

「我們才剛來，馬上要走啊？」曉麟不明其因。

「我的左眼一直跳，不知怎回事？算了，改天再來玩！」

她的話才說完，鈺麟早已奔向海邊，他將褲管捲到膝蓋，赤裸著小腿，細嫩的小手，拍打著海水，水滴飛舞半空中，愈是起勁，愈向海底深處走去。

岑鳳麟嘶喊，祥麟、曉麟亦匆匆飛奔，心燥、焦急！平日跑步覺得輕鬆，此際沉重得很，不算長的路，跑起來既累且難，髣如無法到定點，三人哭著、喊著、跑著！

突然，一位皮膚黝黑的男子躍入海中，抱起鈺麟，慢慢走回岸上，鈺麟還不知怎麼回事兒！

岑鳳麟衝了過去，破涕微笑，擁著鈺麟，捏著他的臉蛋，「這麼皮，嚇死我了，以後不准亂跑。」

「我跟你們一起來，沒亂跑呀！」

「還說沒有，你看你剛才，多危險呀，趕快跟叔叔說謝謝！」

「等等，小姐，妳剛才叫我什麼？」不知名的男子說話了。

「叔叔呀！」

「我年歲沒那麼大！喊我哥哥啦！」

「請教您貴庚？」鳳麟疑惑。

「二十五歲！」

「怎麼可能！」鳳麟說。

「妳不相信？」

「你看起來像五十二歲！」

「我真有那麼蒼老？太離譜了吧，小姐。」

「我沒騙你啦，你看你，皮膚黝黑、皺紋那麼多、鬍子那麼長，又彎腰駝背。」

男子由口袋拿出身分證，遞給鳳麟，然後說：「上面有我的出生年月日。」

鳳麟看後，表情尷尬地：「對不起，我不是故意的，只是，這，太不可思議了！你救了我弟弟，見義勇為，我還囉唆一大堆，讓你難堪！」

「沒關係，我早習慣了！像我這種其貌不揚的人，人微言輕，已夠自卑了。」

岑祥麟自見了陌生男子，未曾開口，現在說話了：「你的外表雖然比較遜色，但你內心充滿光和熱，你的善良別人比不上。」

岑曉麟亦提出疑問：「你怎麼會變成這樣？」

「我從小就住海邊，數代討海，常跟著撒網、捕魚，有海風的侵襲，經年累月下來，肌膚粗糙不堪。」

「為什麼你會揹一個鼎？」岑鈺麟問。

「五年前，一次颱風，連下了半個月豪雨，村子裡住的都是低矮木房，怕颱風掀屋蓋，我家用磚塊壓屋頂四周，豈知，豪雨成災，風又大，村人紛紛避難，住到有現代化建築的親戚家，而我們的親戚都住得很遠，另一方面，也不想離開，心想，反正早有防颱準備，但不幸的事卻發生了，房屋倒塌，磚塊四處飛，家人倚門察看屋外的情景，他們奪門而出，逃過一劫，我待在屋裡，遭了殃！之後，全家搬走，我這樣子，不想離開，就重新疊成了一間小屋，留了下來。」

「好可憐哦！」鈺麟說。

「我一點也不覺得可憐，人，本有旦夕禍福，沒被壓死，算是不幸中的大幸，起初，我也無法接受這事實，一番掙扎，這些日子，樂觀多了，我已放下那不起眼的外表，現在，遼闊的大海已孕育了我豁達開朗的性格，足夠了！」

四

站立山巔、佇立海邊，富於遐思，看大海的浩瀚、遼闊，鑲著亮麗地閃動，那浪花，一起一伏，一波比一波高，潔淨花白，那海洋，任由船隻徜徉和泛遊。

船身，輕巧地滑過水面，粼粼波光映著船身，一閃一閃，周身浸在水裡，起伏有致，置身船中，他們將目光投向白花花的逐浪，一圈圈的兇猛，感覺迷迷茫茫，岑鳳麟的雙腳站不穩，坐了下來，頭暈時刻，禱告船兒快快駛回港岸，但長長的海，似乎永遠達不到盡頭。

祥麟與鈺麟則高興的側著身子，將手浸於海水中，打出圈圈的漣漪，曉麟卻兀自沉思，她咧著小嘴，不發一語，鳳麟擦了驅風油，不再暈頭轉向，她挪動身軀，拍著曉麟的手臂，輕聲問：「妳怎麼了？」

「剛才出來，要將大門鎖上的時候，我將鑰匙弄斷了，怎麼辦？進不了家了！」

「沒關係啦，我以為什麼天大地大的事情，等一下找鎖匠就解決了。」

「不用找了，這裡有現成的。」男子毛遂自薦。

「你會？」大家異口同聲。

「會一點！」

「那快啊，辦正事要緊。」祥麟急切。

五

岑鳳麟的父母回來了，他們在外面購屋，帶著一家大小離開，臨行前，他們走了一趟漁村，向男子辭行，男子捕魚歸來，以各式魚類準備了一桌豐盛佳餚，他的手藝，岑父讚不絕口，鼓勵著他：「你的烹飪技術不錯，這裡雖偏僻，但每日來往賞海者還不少，你何不經營海產店，既可豐富收入，又不必為捕來的魚，賣不出去而心慌。」

他沒太多積蓄，岑父為他想了法子，大夥兒合力搭帳篷，以遮蔽風雨和日光，一切就緒，儘管此處令人眷戀，但他們卻不方便再打擾，只有黯然道再見。

討海人的努力向上，他的謙恭有禮，彌補了外在的不足，小小的海產店，每日爆滿，忙得不可開交，他的家人也回到漁村，一家和樂融融，不多久，蓋起了高樓，僅有的一條小路，亦闢成了大道，道路舖展、人車穿梭，荒涼的漁村，熱絡了起來，人們驚動，他的聲譽大振，見著他的人，不再視他為異類，反而起了敬慕之心。

許多人建議他，將低矮的帳棚拆了，他說什麼也不肯，高樓旁，倚著破舊帆布，極不協調，但如果沒有岑父為他想點子，他哪來今天？這極富價值之物，怎能輕言丟棄！

他在海產城四周，種植了花木，以美化環境，同時亦購進幾艘小舟，供遊客覽玩，一項項的建設，成了觀光聖地。

討海人最惦記著的，是岑家的人，他日思夜盼，終於，岑家為思念故鄉，返鄉走一遭，短暫的駐足，不忘拜訪討海人。

見著他們，討海人振奮不已，雙方更許下諾言，世世代代堅固這份得來不易的友誼。

戀在鄉野

一

從懂事的年齡起，她就愛上了鄉居生活！

她嚮往那旖旎風光的田園地方，田野散發出無形的魅力，清純淡雅地吐露著芳香的韻味，在溫和的曠野中，一曲曲音符，盪漾著心的漣漪。

二

山居村野，葉茂林深，空氣亦清新地飄散開來，萬物蓬勃地成長。

山水圍繞大地，路兩旁的綠蔭，雙雙枝葉拔向藍天，一片茂盛，林木扶疏。

微微的風，掠過原野，搖動枝幹，枝葉互相激盪，發出聲響。嚶嚶鳥鳴，緩緩成韻，吹奏在樹梢耳底，而成群的鳥鳴，串串柔語，蘊含著柔和的甜蜜，牠們展其歌喉，自在地，於廣闊的天空中飛翔，累了，即棲息在枝梢。

三

她頭戴斗笠、手戴工作手套，乘著陣陣的鳴蟬，踏著如煙似霧的步履，懷著寧靜安謐的心，一步步的走向翠綠的田園。長年滋潤的綠意，有著雅緻與溫暖，親近山林，眼睛舒坦，雀躍地領略自然生機，別有一番心境。

瞧！險峻的山亦鬱鬱蔥蔥，迷人的風韻，滌清俗慮、澄明心靈，這寧靜的信號，溫暖的人間，令人通體舒暢。

四

貧瘠的農地，他默默地耕耘，任汗水流淌，涼涼冷冷地浸濕衣裳，涼爽的風一吹就乾了，短衫濕了又乾、乾了又濕，多少漫長淒苦的歲月，他以堅實的肌肉，每天扛著鋤頭走入田地，讓晶瑩成串的汗珠陪他，幾經改良，貧瘠的耕地變豐壤。

小小的慰藉，他所得到的卻是無限的心靈快樂、充實與幸福，他抓住了所擁有的一切，暗自歡喜，沃野真是收藏無限！

五

同屬田莊人，兩人常有相見的機會，她的美姿，清新高雅，行止得宜的氣質，帶給他無盡的讚嘆與喜悅，真摯的情誼，早已深烙心田。

癡迷的心，相互仰慕，綴滿著相思意！然，期待已久的心，卻有著百般的無奈，多少等待，畫不盡那淡淡遠離的背影。

山中迷濛細雨，有種淡淡的朦朧之美，他約了她，聲音顫抖地說：「我將離開故鄉，離開妳！」

「為什麼？你不是喜歡山中的生活嗎？」

「是的，山居的日子，我羨慕與嚮往，那醉人的芬芳，叫我沉醉迷戀，可是種田的日子，收入有限，光靠種田，如何養家糊口？這樣的靠天吃飯能維持多久呢？還有，為了我們的未來，為了讓妳過幸福的日子，我們只有暫時分手。」

「不，我不怕苦，真的不怕，只要你不離開我，能天天見到你，我就很快樂、很滿足。可是，一旦你走了，還有什麼比這個更苦？」她悲泣，他要她拋開無謂的煩憂，收回那粒粒瑩亮的淚珠。

「放心吧，我會回來的，我想讓自己有安定的職業、有固定的收入，自己也讀了幾年的書，認識了幾個字，就希望能做點事。」

「你究竟想做什麼？」她提高嗓音追問。

「我想報考軍校，當職業軍人。」

「你瘋了！好端端，與世無爭的日子不過，偏要去追尋被束縛的日子。」

「我有我的道理，妳想想看，如果我當了軍人，家庭生活將有顯著的改善。」

「我擔心的是，如果你另結新歡，在那遙遠的地方，我也不知道。」

「傻丫頭，妳想到哪裡去了？」

六

陽光射進了室內，浮雲亦因受到日光的透射，塗滿了金黃色燦爛的邊緣，透出絢麗的色彩，顯得華貴而明麗。

憂歡幾許，旋即各奔東西，她怔怔地站在原處，目送他的離去，那對眼眸，注視他良久，直到背影遠離。

日出日落、月沉月升、花謝花開，她揮去了多少相思淚，漫長的日子，心未曾改變。

七

休假歸來，古井旁，群眾嘩然圍觀，他向前探個究竟，知悉一小男孩不慎跌入井底，探首，井已乾涸，奇怪的聯想，掠過心頭，為何喊叫的人多，卻沒有一個去救，而仔細看，原來圍觀者，僅是些老弱婦孺！

底下無水，小男孩不致淹死，但待得太久，有窒息的可能，於是，他充分地發揮了軍人捨己救人的本色，下井救人，之後，返家扛起鋤頭，將井旁的雜草除乾淨，視線清晰，減少憾事發生。

八

久別重逢，他依然滿腹愛心，她依舊散發出柔媚的光芒，他在她額頭上深深一吻，「久別了，親愛的，我將不再離開妳。」輕柔細撫著她的髮絲，她靠在他的身上，緊緊相依偎。

攜手共賞鄉野，香氣盎然的感覺真美好，在心頭、在眼眉！

軍中，他是位優秀幹部；在鄉野，他又是位純樸的農家子弟。鄉野的生命綿延，他倆亦情意綿綿。

一見鍾情良緣定

一

孤燈夜寂，眼光閃爍，人生淺嘗總有許多愁，永恆的追尋，得不到安慰與寧靜，接踵的哀愁，欲訴無憑，誰聆聽？心海深處的嘆息，悲懣苦澀增哀吟，痛苦漫長、快樂嫌短。心吶喊，世途艱，憂愁災難添辛酸。淚灑滿襟，哽咽啜泣，凌郁菁手撫枕頭，錐心的傷害及痛楚、憎懨的情緒，翻攪著她。步履，已踩碎了所有的期盼，心頭暗惱無溫暖，遙想昨日，憂愁滿面。

夫君雖善良，聚少離多，受了委屈無人問，凝思終日，撩動思緒，掩飾不了心中的悒鬱和煩愁，怎能不難受！

門輕推，曾紳宇走了進來，「我了解妳承受太多的傷悲，為了身體著想，不要掉太多的眼淚，這只會使眼睛難過。」

淚水沿著鼻樑，緩緩流下，經過了嘴角，滴淌衣裳！

曾紳宇遞上面紙，身子靠近她，「我們雖然相聚時間有限，但妳點點滴滴的瑣碎與不快，我都看在眼裡、知在心裡。」

「我不知道你的家，這麼複雜，如果早知道，你就是再好，我也不會點頭。」凌郁菁的語氣，透著無可奈何的意味。

「妳雖處於劣勢，但我一顆真摯的心，永遠會跟著妳。」

愁衍生，淚決堤，凌郁菁哽泣地說：「憂愁災難、受創折磨，不知歡樂是什麼？」

幾許關懷，相慰於語，曾紳宇將她摟進懷中，「殘酷言語及冷漠的雙眸，都是他人的德性，我們相處中，盡尋歡樂、盡言笑語，天地間，唯獨妳我。」

「已註定艱辛的開始，爾後如何過？」

「我們同心協力，衝破風浪！」曾紳宇望著她，信心十足地說。

淒清斷腸，哀愁掛心頭，凌郁菁哀怨地說：「還自由，忘了我！」

「這對我來說，乃殘酷的傷害。」曾紳宇面帶委屈地說。

「我呢？思想被約制、自由被活埋，未來的寂寞路，注定悲苦歲月。」

「妳是我永恆的追尋，亦是我一生的最愛，今生今世，只願與妳為伴。」

「好花難常開、美景難常在，我老了，你還會要我嗎？」

「妳老了，我亦會老啊！」

「男人都喜歡美的東西，不是嗎？」

「他人再美，亦只能遠觀、不可近玩！」

「我要回復以前的日子，過那無憂無慮的生活，我不要你家的重擔，來壓制我的肩頭，我承受不了、忍受不住！」

「請妳以寬懷的氣度，來諒解他們。」

「勾心鬥角的日子，如何忍受？挑撥離間的歲月，如何忘懷？」凌郁菁感到萬分沮喪。

「別人對不起妳，至少我沒有，我對妳絕對忠實，妳應該相信才是。」

「就因為對你太相信，才會替自己惹來煩惱與恐懼。」凌郁菁委屈地說。

「郁菁，不要這樣子嘛，我會永遠愛妳的。」

「共結連理，怎會是這樣的結局？」

「風浪再大，也不必愁懷滿心窩。」曾紳宇勸她。

凌郁菁心煩意亂，低首無語，但思緒翻攪，在腦海中盤旋。

曾紳宇心疼不已，誠摯貼切地說：「我是妳最好的搭檔，所有的苦，我願承擔，只祈求妳快樂健康。」

凌郁菁被一顆慈悲善良的心所感動，但又滿腔不快，「婚後，你家人認為我搶走了你，亦常對你指責和抱怨，更對我大呼小叫，既然如此，就不該為你討媳婦。所以我才會想，將你還給他們。

「我不答應妳做傻事，我曾經發誓要照顧妳、愛護妳，我們已是夫妻，無論如何，我都不會離開妳，我會和妳廝守一輩子。」

「可是，我不愛你哩！」凌郁菁的臉上，浮現有趣的笑容。

「我會以實際的行動，讓妳愛我的。」曾紳宇將她摟得更緊，「囉，愛的開始！」無數的情愫，激湧了起來。

二

無垠的沉寂！

整個室內，歸屬寧靜，只有耳朵，穿過些許的涼風，這個氣候，屬於多變化的，而這屋裡的人，亦是屬於晴時多雲偶陣雨，時而溫和、時而暴戾，動而發脾氣，怒氣一起，如颱風過境般地橫掃，一發不可收拾。

冗長的日子，凌郁菁面對冷暖世情，悒鬱悲吟，在生活領域裡，只有夫君對她是真心，溫柔的安慰，繽紛笑語浸心窩，只是聚少離多、痛楚難受一人過。

曾紳宇安慰許多，他人看在眼裡，妒在心裡，肝火一升，心傷凌郁菁，又是思愁縷縷「尋找快樂棲身所，豈知折磨這般多？」

「環境因素，我很愧疚！」曾紳宇回首之際，微微地惆悵。

「每回受創，我就後悔這樁婚姻，你家人，喜怒無常，唯我遭殃！」

「將繁亂拋一邊，妳我盡尋悅事歡！」曾紳宇安撫地說。

沉痛的呻吟，珠淚交流，凌郁菁傷心，「喜悅已褪了光澤，我的朝氣已遠離，哪能不心傷！」

「將眼淚擦乾，堅強一點，妳如此泫然而泣，柔腸寸斷，豈不如人心意！而妳，往日的楚楚丰姿、娉婷動人，今日的面容憔悴，叫人不捨。」

「既已愁懷掛心窩，言語再多也無用。」

「唯今只有強忍耐，我倆同路而行、相互慰藉。」

「你在身邊，我有安全感，離了視線，便覺沒安全！」凌郁菁說。

「我知道自己，忽視嬌妻罪有餘，請妳千萬要諒解，我的工作、我的職責，公私兩地，分身乏術，但我儘可能的抽空陪妳。」

「我之所以這麼說，只是心頭的感觸，絕不是要鎖住你。何況，男兒志在四方。」

「妳由另一個家庭，加入這個家庭，大家一時無法接納，難免醋味上心頭。」

「都怪自己，一時失察，才會走入你家門。」

「後悔來不及了，第一次見面，我就打定主意，非妳不娶。現在，我要緊緊地鎖住妳！」

擷採鴛夢，海誓山盟！

結為連理，共譜衷曲！

流逝歲月尋歡樂，輕婉優柔是喜歌！

情到深處心相繫，一見鍾情良緣定！

少女的心思

冬天的夜，來得特別的早，還不到七點，屋外即一片漆黑，金意茹在屋外來回踱步，這間樸拙的舊房子，予人親切踏實的感受。以往，小屋宇常有愉快的笑聲揚起，但歡笑只是短暫，隨之而來的是生離死別的痛楚。

高中畢業那年，兩鬢斑白、頭髮凌亂的養父在病床上，以粗糙龜裂的手，緊握著她的小手，要她找來理髮師幫他理髮，她滿腹狐疑！她的養母守著病入膏肓的丈夫，枯瘦的病容，有著急切的焦急，她將金意茹拉到一旁，淚水滑落雙頰，浸潤了兩眼朦朧，將情形簡述一遍。金意茹泛起了愁腸，眼眶亦滲出了熱淚，她安慰著焦慮而緊張的養母，看著她佝僂的身影、蒼白的頭髮，無以言盡的感觸極深邃，淚眼再次地婆娑起來。側望她的養父，他的神情痛苦，嘴中不斷發出呻吟聲，她冒出冷汗，快步地衝出去。

養父去世後，養母整天愁眉不展，金意茹亦感傷得食不下嚥。養母時常一人獨坐陰寒黯淡的角落裡，茶不思、飯不想，金意茹慇勤地服侍，養母日漸開朗，聊以安慰。母女倆一起散步，曬太陽，冬陽的溫馨直灑她們的臉上、身上。

養母心血來潮地告訴意茹，苗圃不能荒蕪，她倆略談片刻，即徘徊在翠林茂密的幽徑。走了一段路，山高雲深，一眼望過去，艱險崎嶇、坪林陰鬱，而風淒厲無比，金意茹恐生意外，有些毛骨悚然，養母告訴她，不能有任何畏懼，「意茹，雖然妳不是我們的親骨肉，但我們視妳如己出，別人望子成龍、望女成鳳，我們膝下就只有妳，希望妳能了解，為人父母的心境。」

金意茹回頭檢視曾經留下的足跡，荒廢太多，亦失去太多，在靜謐的小山村裡，她憤怒得吼叫，從小就是個棄嬰，父母不要她、拋棄她，幸蒙養父母的培育，才有今天亭亭玉立的她，有了溫暖，卻也有種失落感，感覺失去了什麼，得失之間，發現自己是個可憐蟲。

養母被她的叫聲嚇了一跳，坐直了身子，「妳是值得同情，我們能給妳的，已盡量，但這世界上，還有許多人比妳可憐，每個人有每個人的命，每個人的命運不同，人比人、氣死人，妳只有忘了收穫多少，才能突破得失之心。」

「媽，我不是嫌你們給我的少，而是，心裡面總有個結，我感激你們的再造之恩。可是，我恨我的父母，他們既然要生下我，為何不要我，他們好狠，我好恨！」

「也許，他們有他們的苦衷，妳又何必耿耿於懷？妳已經長大了，妳要理性、圓滿的處理週遭的事物，妳已步入成熟的階段，別因過去存在心中的種種不如意，而絆著妳。」

「忘了種種不快，我能嗎？」

「妳要試著去做。」

養母的教誨，金意茹絲毫不敢懈怠，每次遇到困境，都盡力面對，經驗的累積，她由無知懵懂，而變得聰敏慧心。

夜這麼深、這麼暗，還刮著風雨，養母顫慄著身子，額上冒出汗珠，金意茹覺不對勁，輕輕拭去她額上的汗粒，驚懼萬分，祈禱她無恙。然則，她的臉部發青、兩眼無神，奮力撐起，「熬得這麼久，就希望看妳早點長大，妳長大了，我可以放心地走了。」

「媽，妳不能丟下我不管，不能，千萬不能呀！」

「生老病死，冥冥中，早有定數，該走的總是要走。」

「我怕孤單，真的好怕！」

「人總是要學習獨立，父母不能跟妳一輩子，記住媽的話，要做個堅強的女孩，勇敢的活下去。」

「我……。」

「意茹，意……茹……。」

「我答應，我答應。」金意茹泣不成聲，頓時感到山崩地裂。

孤單與寂寞襲擊，金意茹突然想起養母臨終前的話，養母說她已對得起她的父母，「媽，告訴我，他們在哪兒？」她搖她，她動也不動。

金意茹在離家不遠處的托兒所，覓得一職，心力投注，每天與小朋友在一起，休假的時候，就回小屋居住，略解思愁，回想，往事都在眼前縈繞不已。

托兒所經營困難，歇業了！金意茹不知何去何從？面臨就業的困擾，拖著行李，四處求職，卻到處碰壁，她的心情壞透了！

她在路邊攤叫了一碗陽春麵，正吃得津津有味，寬厚的手掌，落在她的肩上，她猛地抬頭，「龍鑫德！」

「跟蹤妳很久了！」

「跟蹤我？」

「是啊，我剛開車送朋友回家，老遠就看到妳，無精打采，是不是失戀了？」

「比失戀更慘！」

「有那麼嚴重？能否告訴我，發生什麼事？」

「一言難盡，總而言之，我現在只吃得起陽春麵。」

「缺錢啦，說一聲嘛，別老吃這個，不補點營養，身體會受不了的。」

「謝謝你的好意，我還可以撐一段時間。」

「繼續吃這個？」

「我會換口味，最低消費、最高享受，像韭菜盒子、燒餅、油條，輪流更換。」

「不能節儉成這樣，妳想存錢蓋樓房啊？」

「泥菩薩……。」金意茹皺著眉頭，將最近發生的事，和盤托出。

「妳真是個勇敢的女孩，站在朋友的立場，勸妳善待自己，不要自我折磨。」

「已經很久，沒人這樣關心過我。」

「只要妳願意，我會一直關心。對了，我的賣場擴大營業，正需要人，妳有沒有意願來幫忙？」

「你是品學兼優的好學生，怎麼做起生意來了，沒繼續升學？」

「大家都認為，念高中，一定要升大學，但我對做生意有興趣，就提早走入社會。」

「你的父母渴望你多唸一些書，你與他們的想法背道而馳，他們一定很失望。」

「我的父母民主得很，我不願意做的事，他們不會勉強。我想要做的，只要正正當當，他們非但不反對，還會支持，像這回，他們提供了資金，還當了顧問。」

「真好！」金意茹好羨慕。

「妳要不要過來？」龍鑫德急切地問。

「我不是學商的，一點概念也沒有。」

「我教妳！」

金意茹在龍鑫德的調教下，進入了軌道，龍鑫德滿意極了，他的父母亦笑逐顏開。而金意茹將薪資撥出部分，以養父母的名義，捐贈給安養機構，以表追思之情。

龍家有金意茹這樣的好幫手，龍氏企業一間間的誕生，就在金意茹二十八歲生日那天，龍鑫德載她暢遊名勝、共賞美景，他要她玩得盡興。

遊玩歸來，恢復正規，金意茹剛踏入辦公室，眼前一幕交頭接耳的景象，他們見她進來，旋即鴉雀無聲。

當龍鑫德與她頻頻接觸後，她告訴他，很想知道自己的身世，龍鑫德幫她出了主意。回到了老屋，翻箱倒櫃地找資料，一整日下來，什麼也沒發現。

金意茹很失望，重重地坐在靠門邊的那張椴凳，突然，掛在門後的那件藍襯衫，掉了下來，她俯身拾起，摺疊在口袋一張泛黃的紙，飄落於地，拆開一看，上面清楚地寫著她的身世，原來，她是私生女，生父不知去向，生母受不了輿論譴責，服毒自盡，臨終前，將她託付給她的養父母。

金意茹不再找尋那個沒有責任的父親，她將心思放在工作上，她要力求表現，懷抱感恩之心，感恩龍家給她的一切。

千情萬緒

一

風，微拂草樹青蒼，它掠過樹梢，枝葉盈盈輕搖，凌郁涵走向草綠如氈的野地，繁花的嫵媚奔放，盈盈芬芳，陣陣香郁拂來，她興致高昂地走入這深邃幽邈的綠之世界，一頭披肩的長髮、溫溫柔柔的眼睛、濃濃密密的睫毛、高雅的舉止，在寂寥恬靜的鄉野，深摯地擁有了那片清純且細膩的情感，在它的懷抱裡，共織綺夢、共話心語。

山青樹綠花嫵媚，小草搖曳，稻穗舞婆娑，微風輕吹，飄逸髮絲迎風飛舞，凌郁涵沿著婉然柔動的翠竹林邊，輕挪腳步，放鬆自己，悠揚的竹韻，引人思古之幽情。

駐足凝睇，黃昏的色彩，一抹斜陽、幾片雲錦，又嵌上了璀璨，夕陽揮動神筆，為天邊塗上了一些虹彩，美極了！心遊目想地沉浸在這美景中。

走到井邊，小妹曉涵正彎腰拾起水桶，繫好麻繩，朝井面扔下，水色淨如碧玉、清靈透徹，還倒映著兩姐妹的臉顏，當桶子觸及，平靜的井面立即撩起漣漪，水質澄澈，微波漾動，曉涵緊緊抓住繩索，左右擺動，一會兒功夫，水桶載沉，已灌滿了水，喜形於色，使勁拉繩上岸，雙手捧著清冽的水，輕潑於面，連連說：「好舒服哦！」

「我就知道，妳一定在這兒嬉水！」郁涵指著曉涵說。

「好姊姊，妳自己不也喜歡大自然，沒事就繞著田野打轉，半斤八兩啦！」

「水，潤澤了許多人乾涸的心田，綠野也提供了視野的享受，妳愛、我亦愛！」

「可是，這等閒情的日子已所剩無幾，妳不許我蹉跎歲月，要我把握大好時光，積極研究高深學問，再過幾天就要離開這兒了，以後每天K書，何來時間賞遊山水？」微風吹過，吹不散曉涵心頭的悵惘。

「妳還年輕，還要用更多的時間與精神來迎接更多更新的未來，朝著樂觀進取的陽光邁進，才不會淪於庸俗落伍的趨勢，妳該積極、堅強！甚且，人必須成長，而思想亦應隨著歲月的成長而趨於成熟，要妳繼續升學，求得更深更好的學識，對妳將來有所幫助。」

「姊，我覺得學問是由點滴累積而成的，唸書不一定要進學校，在家裡也可以自我充實，再說，想做什麼事，也比較能自己掌握。」

「肯前進，光明的前途就在眼前，書唸一唸，拿到了文憑，要找工作也比較方便。別像姊，書讀得少，想再唸，無奈心有餘而力不足，眼睜睜的望著歲月的無情、時光的冷漠，而暗自悲鬱。」

「姊，忘掉胸臆間的煩惱吧！別讓憂鬱感染了璀璨的歲月，人生在世，不可能全是順境，問題在如何面對逆境，使滿天烏雲轉為晴空萬里。不是為妹者滿腹牢騷，我認為妳應該多出去走走，不要一臉憂愁，儘量地保持輕鬆心情，從容不迫地保有快樂的心境，青春是無價的，握住青春，善用它，才算真正的擁有它。」

「走過許多路，捏碎無數美麗的夢，這是無法抹滅的事實，嘗盡苦澀酸甜，無數艱苦的歲月滑過，已撫平了許多創傷和哀愁，沒有氣憤或者哀傷難抑，只是，眼前所見的點點滴滴，皆脫離不了現實的感受，身邊所接觸的，一絲一毫都涵蘊著說不出的傷痛，於此，我將滿襟的心語吐訴，並非精神頹喪所引起的悲觀情緒，而是希望妳能奮發一點，三言兩語亦無法道出心中的感受，妳應可以體會得到我的心境。」

「我知道妳為我好，我……」曉涵欲言又止。

「做任何事都要有興趣，否則就不要勉強，妳是要告訴姊，姊的說服力失效了，對不對？自己的妹妹在想什麼，我還會不知道嗎？好啦，天色已晚，打道回府吧！」

二

蜿蜒的小徑，踩著單車的男孩，由斜坡直衝而下，陽光將他的身軀照得燦亮，他的抑鬱在心中隱藏，「難道朋友的情誼，僅看在財富的深淺！」腦海越思越複雜，顯得精神不安、心神不寧，在流逝的歲月裡，藏有多少歡樂和憂苦，傷感的往事又悄悄地撩起，眼眸水汪模糊，來不及拭淚，亦來不及煞車，就已衝入農田，土質鬆軟，毫髮未損。

凌郁涵路經該處，見狀，焦急飛奔而來，風拂涼、髮飄飛，和煦的陽光亦暖暖地灑在身上。

「你沒事吧？」凌郁涵關心地問，雙眸閃爍著光輝。

「還好！」他神情緊張地屏息凝視，耳根灼熱，臉上泛起了紅暈，而惆悵，溢滿心懷，突然低落的淚像散落的珠串，英俊的少年郎所顯現於臉龐的是極不協調的悽惶與無助，凌郁涵欲探取他心情霎時的驚悸顫抖，誤以為是自己方才發現了他的糗態，深覺愧疚，欲稍加撫平，但話到嘴邊又嚥了回去，不願再開腔，低著頭，兩眼低垂地走了。

凌郁涵一路踢著小石子，凝視晴空，流雲不語，時而凝聚、時而破散，腦海不斷翻動著方才記憶的片段，不自覺地回頭，哭泣的男孩騎著單車朝她方向而來，不願尷尬場面再現，她視若無睹，不一會兒，他的單車超前了她，很快地，遠離了她的視線。

三

晨曦是大地甦醒的消息，凌郁涵騎著單車，輕盈飄逸，窈窕的身材、婀娜娉婷，甜甜的笑靨，於清新的晨間，拋俗慮、展歡顏。坑坑洞洞之處，不敢再踩著踏板，遂下車行走，小心翼翼地走著，雙腳時而踏上沾滿雨露的草地上，草上的朝露，點點晶瑩，輕撩秀髮，細細柔柔的髮絲，髣如綿綿密密的心思，一股潮溼又好聞的泥土香，瀰漫在空氣中。

走過小徑，無限寬廣的柏油路就在眼前，鞋底吻著柏油路面，安全舒適。上了車，路這麼平坦，車輪滾動，車子奔馳，風是如此地清爽，無處不飛舞，不但俏皮地戲弄她的髮梢，同時亦捉弄著她的裙邊，她擁著青春的感覺。

視線由近而遠，又由遠而近，看遠處山的虛無縹緲與朦朧，觀近處蜿蜒的細水，似一位幽雅溫婉的女子，她細細觀賞，這青綠的飄飛，潺潺流水的聲音，不知不覺已抵達市場。

倩影輕盈地穿梭於人群，採購家中所需，待購物歸來，於竹林旁，群雞翻土啄食，擔怕雞群驚嚇，遂躡手躡腳、悄沒聲響地牽著車子，慢慢走近，此時，陽光驅散了朝霧，和暖的陽光，為大地憑添了無限生機。

繞過竹林，一個形削瘦骨的身子蹲坐竹林下，指間夾著香煙，煙霧上升，煙灰漸斷，緩緩墜落地上，他有時猛吸又猛吐，濃煙伸向天際，望著縷縷煙圈，披著蓬頭散髮凝視。

凌郁涵定睛一看，原來是他！幾日不見，不修邊幅，蒼老了許多，亂髮掩住了一臉青春，又似乎睡眠不足，雙眼布滿了血絲。

他將煙蒂擲向遠方，兩眼無神地看著她，她點頭招呼，他傻愣，良久，終於認出了她，難為情地低下頭，不知所措！

她停穩單車，朝他走去，恬靜的眸子注視著他，「瑟縮是弱者的表現，我想，你不該是這樣的人。」

「我一向無拘無束，縱情隨意於自己的生活方式。」不肯屈服的眼神教人心懾。

「既然你這麼說，那我走了！」閃身欲走。

「等等！」他叫住了她。

「有事嗎？」凌郁涵發出質疑的眼神。

「嗯，有事。哦，沒事！」他先是點頭，再是搖頭。

陽光璀璨不刺眼，既溫暖又柔和，凌郁涵牽動著單車，一步一步地離開他的視線，他傷心悔恨，未能鼓起勇氣留住她，目送凌郁涵的背影，莫名感到一股強烈的孤獨和蒼茫，最深刻的莫過於那一頭柳絲般的長髮及她的善解人意，輕輕地撩撥心底深處的思慕。

他在心中暗忖，這現代社會，生活腳步的急促、功利主義的抬頭，人與人之間的關係已逐漸淡漠，尤其是朋友已遠離他，難得凌郁涵有如此好心腸，好想與她為友，可是缺乏毅力，一想到自己的過去，即退縮不前，如今想面對她，只有戰勝內心的掙扎。

四

他悶得發慌，傻愣地望著窗外的那片天，輕煙緲緲，不知怎地，腦中浮浮移移的，竟是凌郁涵的容顏，與她相逢，彷彿是初戀時的一見鍾情，現在，想及她駐足的片段，不知能否重來？不禁胸口一悶、鼻頭一酸，熱淚在盈眶中閃爍。孤獨的他，打思緒劃過，幻想凌郁涵就站在眼前，深情款款地告訴他：「讓我擦去你的淚，打開你那深鎖已久的心扉。」

他亮開了憂傷的眸子，眨了幾下眼皮，冷靜的頭腦自我調適，自己還年輕，不必自暴自棄，遇事受挫，重新再來，不必灰心、不要消極。於是，他不再固執，要將心事一一向凌郁涵傾訴，唯有她，能伸出友誼的雙手，在挫折中扶持著他，當思起農田裡、竹林下，凌郁涵的舉止，確定自己的想法無誤。

心血來潮，長髮理短、鬍子刮淨，經過了一番梳洗與整理，一身輕便的休閒服走到鏡前，上下、左右、前後，又看又瞧的，頗覺滿意，嘴中喃喃自語：「舒翔龍呀，舒翔龍，你這麼的英挺帥氣，怎能耗費光陰、虛度青春呢？」

人生於世，有著春風得意的坦途，亦有著坎坷難行的險路，失意時，尤其須下一番功夫、一番細密的思考，不斷學習，方能逐漸克服自己的缺失，而接近美好。

舒翔龍終於想清楚了，他打聽凌郁涵的住處，精神抖擻地拜訪凌郁涵！

凌郁涵和凌曉涵在客廳下棋，舒翔龍來了，輕敲門，曉涵迎上前去，目光打量著他：「請問，你找誰？」

兩人對面不相識，舒翔龍一陣驚慌，結巴地說：「我……我找小姐。」

「你走錯地方了。」曉涵誤會他的意思，臉上泛起了紅暈。

「小姐，我……能不能進去坐坐？」舒翔龍畏縮著身子。

「不行！」凌曉涵鐵著臉回答。

凌郁涵聞聲，走了出來，「曉涵，誰呀？」

「姊，那個人……。」曉涵指著舒翔龍說。

凌郁涵抬頭看他，「原來是你！裡邊請。」

舒翔龍轉頭，故意徵求曉涵的同意：「現在，我可以進屋了吧？」

「姊姊說可以，我沒意見！」凌曉涵立即改變態度，柔聲地說。

五

進了客廳，凌郁涵由冰箱取出了飲料，倒了一杯給他，「怎麼有空來？」

「特來看妳！」他喝了一口飲料，又將杯子放回茶几。

「姊，原來你們認識，剛才嚇我一跳！」凌曉涵嘟著嘴說。

凌郁涵以微笑代替回答。

舒翔龍立刻賠不是：「一時緊張，說話不夠完整，請別介意。」

「不怪你，怪我姊姊，有男友也不說一聲。」凌曉涵俏皮地說。

「曉涵，不要亂說話！」凌郁涵制止。

「算了，我還是識相的離開，才不在這兒當電燈泡呢！」

曉涵回房，郁涵抱歉地說：「我妹妹喜歡開玩笑，你別當真！」

「不會的，我……哎，好長日子以來，孤寂相伴，只有枯燥乏味與無奈，說真的，像今天這樣的和諧，輕鬆的氣氛，已好久都未曾有過。」淚珠欲落還止。

「不要難過嘛！」凌郁涵安慰著他。

「妳知道嗎？曾經，我有著輝煌的歷史，但已離得好遠，而今，沒有任何一個人肯走進我的生活裡，與我相語、相扶持，可是，妳的出現，似一盞燈火亮起，溫渥我心，所以，好想道出一切，但只怕妳會看輕，如此，只會增添內心的自卑，而一意地想隱藏自己。」

「我極願意與你為友，更願意當你的忠實聽眾，友誼的堅固、彌篤，絕不會因屑碎小事而有所動搖，甚且，你的過去，我一無所知，你肯道出，表示認定了我這個朋友，那麼，我又怎會看輕你呢？」

「曾經，一時的順利與成就，蒙蔽了眼睛，迷亂了心志，我編織著美麗的夢境，與一些不切實際的憧憬，於生活闊綽之餘，日食山珍海味，夜宿美人床，最後，怨嘆命運坎坷，際遇不幸，妳知道這是為什麼嗎？」

「為什麼？」凌郁涵追問。

「與人相處，我小心地播下友誼，經常地注意，不斷地耕耘，日積月累，亦訓練了解決事務和刻苦耐勞的精神，有著友誼伴我成長，最後擁有自己的天空，贏得了無數的掌聲和讚美聲，然而，我亦領受了壓力與辛酸和苦楚。」

「我不太懂你的意思！」凌郁涵直截了當的說。

舒翔龍奮力地咬住嘴唇，由公文袋取出了日記本，翻閱著久已塵封的日記，那閃耀過年輕生命的記憶，記錄著一切美麗的故事和片段，回味之餘，心中有著濃濃的惆悵。

六

寒風瑟瑟，雨絲冷冷，草枯樹萎，天色陰霾，罩得大地一片灰沉，看不到晴朗的青天，擁滿了深灰，絲絲交織，又稠又密。

夜晚，四周本該沉寂，但風聲和雨聲，滴滴答答地成了小夜曲，透過玻璃窗，遙望著蒼茫漆黑的夜，舒翔龍不但沒有枯燥的感覺，反而暢意自然。

雨聲漸微，忽然，他聽到了屋外有著哭泣聲，怵目悚然，由飲泣轉為恣意哭嚎，哭聲震懾心魄，拿著手電筒，開門察看，未來得及防備，哭泣的女子即衝入屋子，靠著牆角，悽愴幽咽，愁懣傷心地訴說不幸，她的悲嘆，那些令人覺得好可憐的哭泣和淚水，讓舒翔龍起了惻隱之心。

她說遇人不淑，世事如此滄桑，被推入了火坑，忍受皮肉之苦，賣笑生涯無法忍受，於是趁著雨夜，摸黑逃了出來，自慚行舉汙穢，打算痛痛快快地死在雨中，讓雨淋去她的形穢，舒翔龍奕奕的臉龐已找不出一絲笑容，勸導她，無須用悲觀的意念來否定生存的意義。

幫她準備了房間，她說睡不著想再坐一會兒，舒翔龍回到房裡，昏黃的燈伴著孤伶伶的他，搓搓雙手，又揉揉眼睛，捻熄燈火，闔上雙眼，倒頭就睡。

半夜，涼意沁浸皮膚的毛孔，舒翔龍醒來，柔和的燈光映射在臉上，猛然坐起，身軀赤裸，她亦一絲不掛裸露地酣睡在他身旁，他搖醒了她。

「妳這樣太隨便了，快把衣服穿上，快！」

「別這麼兇嘛，讓我與你共繫住這漫長的夜幕，互訴孤寂的平生。」

「妳怎能說出這樣的話、做出這樣的事？」

他欲下床，她將他一把抓住，手腕有力，「生米已煮成熟飯了，你再趕我，我就大聲喊。」

她以此要脅，他為了籌劃、拓展事業，又為了顧及名譽，不敢吭聲，她喜歡絢爛的生活，一步步地逼他走向絕路，垮台了，囊空如洗，她亦走了，舒翔龍才知道中了「仙人跳」，朋友見著了他，怕身染重毒似的，避得遠遠！

七

舒翔龍收回日記本，對著凌郁涵說：「想不到人心的變幻竟如此迅速異常，每思及，總恨得咬牙切齒。」

「事情都已經過去了，將它遺忘吧！否則回憶一陣、痛苦一陣，徒增感傷，而擁有包容的心，原諒自己、也原諒別人，才能滌濾雜質的殘留。」

「我一直努力的排擠潛伏在心中的這些傷感，可是，愈想排除，它卻黏得愈緊，愈想撕去，愈覺得痛。」

「成功有成功的道理、失敗有失敗的原因，無意間所觸犯的過失，足可叫人毀於一旦，發生這種事情，後悔、心有不甘，埋怨和嗟嘆，在所難免，所謂萬丈高樓平地起，不怠惰，則憂煩疑慮盡失，你可以再站起來的。」

「常認為自己是個矛盾的人，又感嘆世界上無人了解，甚至自己也不了解自己，今天，妳的一席話，使我重拾信心，心中頓存希望。」舒翔龍口沫橫飛地說著，額上些許皺紋亦顯得生動。

「有希望，竭力追求理想，自然美好，但絕不是將理想和希望託付在藐遠的構念裡，否則，就算運氣好，真能僥倖實現，也不過曇花一現、來去也匆匆。」凌郁涵不忘提醒。

「一切的努力都已前功盡棄，有了前車之鑑，我不會再鑄下大錯的。」他的思想漸踏實。

「那就好，對了，未來你有什麼打算？」

「我想再唸書。」

「可是，你哪來的錢？你家人會幫助你嗎？」

「家裡的幾個兄弟一向各管各的，我不敢奢望，不過，唸書的事我自己會想辦法。」

「你可不能——」凌郁涵想告訴他，必須走正途賺學費，千萬不能做出傷天害理的事，但不敢說下去。

「放心吧，我白天工作，晚上唸書，這可是一舉兩得的好辦法！」舒翔龍知道凌郁涵要說什麼，趕忙接腔。

八

舒翔龍告辭了，凌曉涵由房間出來，「姊，你們剛才說的話，我都聽到了！」

「那妳有什麼感想呢？」凌郁涵的目光望著她，等她回答。

「前半段我認為，那個女的不但過份，而且下賤，但是，舒翔龍亦錯得離譜，怎能輕易地相信了她的話，自己都能成就一番事業，居然這般好騙，這麼容易吃虧上當，可見他要學習的還很多。最重要的是後半段，他能重新站穩腳步，為充實自己，毅然決然地再充電，實屬難能可貴，我……。」

「有什麼話，直說無妨！」

「我想聽妳的話，重拾課本。」

「能否告訴我，這是為什麼?我記得在不久前，妳曾當面拒絕，現在何以改變主意?」

「我想通了！」

「是嗎？」

「哎唷，姊，別像審問犯人似的嘛，人家是真的想通了。」

凌郁涵左思右想，終於又開口：「曉涵，告訴我，妳該不是為了搭上舒翔龍的愛情列車，你們雖只見一次面，但妳已喜歡上他的虔誠、忠實，而志願與他為伴，對否?」

「朋友是建立在互信、互助的情感基礎，所謂患難見真情，在苦難中幫助，沒有怨言與目的，這才是朋友間情感的流露與寫照，現在的他，正需要人家的鼓勵，而我亦想再進學校，這樣彼此間也有個伴啊。」

凌郁涵不作聲，她不知道，該再如何開口？

「姊，妳生氣啦？」曉涵怯怯地問。

「沒有的事，我只是覺得很意外，妳不但沒有瞧不起他，反而對他產生好感。」

夜裏，為曉涵的即將遠離，郁涵悲從中來，淚濕伴枕，久久不眠，想著生活波濤將一些人沖聚在一起，之後，又將之分開，這其中夾雜著多少歡笑與失落，心頭不免惆悵。

九

凌郁涵送走了曉涵與舒翔龍至車站，依依難捨，車窗閃動，很快地就將他倆載遠了。回程，走在綠草如氈的叢林間，擔憂著他倆，心亂無比，當陽光隱逝，細雨絲絲，織滿了青綠的山，浮現一片迷濛，她的眼眶亦迷濛。

帶著期許與希望，二人提著簡單的行李告別了故鄉，踏著異鄉酸澀的泥土，走在人群熙攘處，二人有同感，回到扎根的泥土上，才能有著一份踏實的歸屬感。

白天，凌曉涵與舒翔龍同在一家電子公司上班，晚間一起入夜校就讀，下了課則住進學校的宿舍，這段日子，每當煙巒鎖翠，小雨繽紛的薄暮，每當夜闌人靜，一燈如豆的深夜，想及家鄉的一切，總會勾起濃烈的鄉愁。

由鄉村到城市，遙遠的路，溢散著思鄉情切，常常在周遭沉默時，獨自地沉浸在自我的思維裏，凌曉涵擒著滿眶的淚水，眼淚如斷線的珍珠似地滴落胸前，想著家鄉綠蔭盎然的蒼野，想著姊姊無盡的奉獻，異地牽掛，哭成了淚人兒。

舒翔龍照顧著凌曉涵，給予安撫，真誠地聆聽著她的鬱積，他如甘露般，幸福的泉源湧進了她的心扉，愛的心情，使她的心田雀躍，胸中寬暢。

十

完成了學業，兩人暫辭去了電子公司的職務，回到故鄉。凌郁涵難掩心中的喜悅，到車站迎接，車子一輛輛地飛奔而過，等候許久，終於等到他倆，舒翔龍比以往更俊俏，更有涵養，曉涵亦成熟多了，她的滿腹才華，凌郁涵自嘆不如，眼前的這對男女，可謂郎才女貌，她的心涼了半截，心不在焉的，使得言語舉止，前後不符。

舒翔龍離開的這些日子，凌郁涵不知何因素，常在腦海深處，浮現著他那熟悉的影像，不斷地思念。在這茫茫人海中，能尋得一知己，談何容易，在不知不覺中，已對他付出了真情，然而，小妹曉涵對舒翔龍用情之深，她領會得出來，她怎能搶曉涵所愛，於是，她哽泣和酸楚地將情意深深地隱藏。

聚散無定的日子，激起的浪花終有平靜的一天，將名字撕碎，記憶抖落，心亦定了下來，暫時不會對愛情有所嚮往了！

走至窗前，拉開簾布，又將雙眼投向綠蔭中，時值入神，一陣電話劃破思緒，是舒翔龍打來的。

「郁涵，謝謝妳的激勵，讓我重新再站起，請再幫我一次忙。」話筒傳來懇切的語調。

「什麼事呀？」

「請——妳——嫁——給——我。」舒翔龍將聲音拉長。

「你說什麼？」凌郁涵一陣驚愕。

「我再說一遍！」

「喔，不必了，我聽得很清楚，只是很驚訝！你和曉涵之間……。」

「郁涵，妳別忘了，我能有今天的全新面貌，完全是妳的功勞啊，妳的恩我怎能忘，且讓我報答些許。」

「你說我對你有恩，也要你自己有毅力，才能痛改前非，而曉涵，是因你改變了她的氣質，你不能棄她於不顧，這太殘忍了！」

「我承認，是有些喜歡她，不過——」

「只要有喜歡她的因素存在就夠了，別再胡思亂想，聽我的勸，善待曉涵。」

凌郁涵放下話筒，轉身，曉涵站在旁邊，聲音嗚咽，眼眶紅通，千情萬緒澎湃齊湧，郁涵掏出手巾，輕輕拭去了曉涵的淚珠，緊緊地握住曉涵的手，嘴角泛起了笑意。

心結

一

俞晴曼！

山徑疊著幾層蒼翠，海面亦遼闊無涯，鳥兒以燦耀的翅膀，穿梭著美麗明快的節奏，翱翔在天際，閃著祥和與活力，飛翔著美麗的夢，投入了那起伏且略帶韻律的天地、寬廣的胸膛。

茂密深深的山崗，蒼翠碧綠輕搖曳，繁花綴滿綻笑靨，薰香徐徐，沉醉芳馨，享美的變幻，薰醉風姿，閃亮眸子吸吮。

青青山園，盈盈清流，千珠萬滴閃爍了光輝；而藍天澄碧，綠樹參天挺勁姿，鳥兒雀躍枝頭啾，輕柔小調，飛舞鳴奏，溫柔悅耳，閃閃陽光下，一望無垠的風光。

俞晴曼輕盈飄逸的側影，在這美的情調裡，多麼地沉重，未解的心愁，不勝細數，一如飛絮。飄滿天空的是滿腔夢碎的痛楚，悵然的情緒，心湖氾濫，愁掛眉梢，堆起一片陰霾。

這樣的歲月、這樣的日子，難以釋解，悽悽心愁，悲涼寒愴，不耐煩的心、蒼白的臉色、冷冰冰的臉孔，沉於陰冷淒涼。

幾經折騰，痛苦的掙扎交戰，一寸寸悄然地侵蝕，一頁頁翻動，展不開歡顏，埋愁無處，舉目含淚凝眸，神思昏然，孤抖的手，顫動地拭去了滿臉珠淚。

塵緣成雲煙，俞晴曼抒心中蟄伏已久的陰霾，然，悵然情緒揮不去、拋不走、難驅散，栩栩如生映眼前，每憶傷懷！

二

方馨逸！

踏歸心似箭的腳步，挪動回家的歸途，迷濛灰暗的曲迴小徑，視線漸模糊；歸山居、擁清純，不受塵世的牽絆。

仰星色，燦爛夜辰美情懷、湧心中。千言萬語，從何說起，一片情意在心田，執著的付出，換來卻是惘然，淚紛紛！

來時澎湃洶湧，去時冷漠哀傷，繽紛的愛、美麗的情，似隕星一樣地沉落到黑暗深淵，掩息在聲聲淒淒，勾心愁！

曾經，平凡純樸的生活，滿露笑顏，滋潤著方馨逸的心田，精神充實，無限快慰。而他的出現，她的生命起了浪花，奔騰跳躍，驀然煥新！

甜馨的夢，為日子編織，企盼未來底美景，明眸裡有著希望與幸福。

當一切化為萬縷輕煙，辛酸傾瀉時光中，淡淡的愁、淡淡的憂，輕輕滑過眉宇間，思潮紛沓、情緒複雜，索性回山中，奔向寧靜歸屬。

三

何聰苑！

陽光緩緩昇起，各個角落溫暖無比，睡了一夜，那堆惱人的思緒，已從腦海中短暫消逝，鎖緊的心弦、壓抑的意念，暫時獲解。

凝視鏡中的自己，整整儀態，望著兩個相框，一臉歉然！

俞晴曼的嫵媚風韻、高貴綽然，熱情擁心頭；方馨逸的清純形象，她的矜澀、含情脈脈，倩影活思維，各佔何聰苑的心頭角落一半。

何聰苑分別要了俞晴曼和方馨逸的照片，珍惜地將照片嵌入了相框之中，二人甜美的微笑，十分迷人，打心底歡喜！

不期的邂逅，飄入心坎，走近凝聽，細細傾訴，訴及埋藏心坎的絮語，陰霾的天空亦隨之蔚藍，思念期待，思情更深款！

無奈情深夢意斷，寂寞相思伸兩地，濃濃憶念、縷縷幽懷，啃噬心靈。

三人戀情曝光，何聰苑措手不及，取捨間，不願傷害任何一方。美麗的影子，活在思維，盤伏心中的陰影，留下印象，心神震盪、熱淚盈眶。

逆境來臨，細從頭，剎那別離，思念在心窩，激動的心，如瀑布奔瀉，飛馳的腳步頓住，未解的結，歸於情感的脆弱。

四

委婉細說從頭！

天空布滿彩霞，何聰苑路邊散步，低頭，兩眼瞪鞋尖，順勢踢著小石子，石子飛撞迎面而來的俞晴曼，閃光的雙眸裡帶著歉意，拂揚的涼風，撩著她的鬢髮，何聰苑溫柔的情懷，緩緩地昇起，俞晴曼的雙頰紅暈，無聲無息，盡在不言中。

泛紅的笑靨、典雅的妝扮、娉婷的身影，碧波底明眸，飛進了何聰苑的胸懷，他的眼光詫異而興奮，心花朵朵怒放。

五

柔柔的月，灑下了如銀的光，幾顆星星，閃著鑽石般晶瑩，月光粼粼、銀亮一片，一層白光，皎潔明亮。

月兒斜斜掛天邊，烘托夜晚的寧馨，何聰苑騎機車返家，在幽雅純潔的月光下，見一背影，長髮披肩，啟開車燈照射，步履輕巧，何聰苑疑是半夜幽魂翩然駕臨，寒冷由腳尖湧上雙腿，不由得減速慢行。

駛離方馨逸身旁一段距離，回首凝望，她依然順著此路走著，於是，何聰苑掉轉車頭，不願忐忑的心，問明原委，順載一程。

從此，何聰苑不斷洋溢著熱情的問候，企求感情的領域裡，擁有一片美麗的彩霞！溫情的安慰、噓寒的問暖，不管風兒怎樣唆使、無論艷陽如何高照，在俞晴曼與方馨逸之間，無怨無尤地付出。

六

雨綿綿、風淒淒！

驟雨淋漓、情緒悵然；追索尋求、忍受茫然！

俞晴曼、方馨逸，分別感受了一股安全的熱源，躍動的青春，希冀獲得情感，何聰苑滋潤著她倆的心田，浸於幸福，無限快慰。

水潺潺，時光荏苒，命運終有失意之時，何聰苑多想拭亮雙眸，在兩者之間擇一，多年醉心扉的戀情，誰亦難捨，致使錯誤綿延。

終一日，三人照面青山綠水間，原本三張喜悅的臉，淚痕斑斑，面臨意想不到的椎心驚悸！

一場因緣，捲入了三角戀愛，彼此顯得雜亂，三人內心掙扎，造就了誤會與心結。

解鈴還須繫鈴人，何聰苑愧疚不已，終與俞晴曼和方馨逸將這心痛滋味流淌出來，總算雨過天晴！

心結得解，事過境遷，三人亦都沒有結局！

風雲變幻一夕間

一

熄了燈火靜悄悄，憂心如焚好煩惱，嘴抱怨，動輒拳腳皮肉糟，郭惠英痛苦難熬、陰影難消！

寄人籬下，養女的孤寂與困惑，面對粗野的節奏，每回的震驚過後，天崩地裂傷累累，惡劣行徑如喧囂的泡沫，那浪潮，來來去去何時休？

殘害生靈、罪孽深重，如此夢魘、情何以堪？

大地顯得一片幽晦與死寂，紛爭、暴亂，渾沌一片。

俯視塵寰，邪淫及暴力，滿天遍地響，多少人類，純樸不再、原貌盡失，山水被汙染、人情被拆亂！

郭惠英似綿羊般，躲在暖渥的被窩中，每天，只有這個時候，熄了燈火，她才有休憩的時刻，但白晝的撕裂，夜晚餘悸猶存，川流不息的人群中，郭惠英竟這樣的不幸！

敲門聲，震天作響，郭惠英起身，匆匆開門，站立門前者，握拳頭，狠力襲擊，郭惠英頹然地倒下！

「不要假死假活了！」一把將她抓起。

精神恍惚，萬念俱灰，風暴湧到，頭暈眼花，郭惠英四肢疲軟，勉強起身，「蓄意發吼不應當，人前人後扮兩樣！」

惡漢站立在面前，一揚眉，盯了她半晌！

郭惠英徬徨無計，抬起眼皮，微吸一口氣，打了個寒噤，扯扯衣領說：「你不該抱著排擠的心態，視我身份的悲悽與卑微，而拒斥於門外。」

夜雖漆黑，仍然聽到他嘶嘶的吐氣，眉梢暗黑，雙眼一掠而過，「一想到，妳是我未來的妻子，氣憤升起、心境淒涼。我可以做的選擇，不計其數，任何一個女孩，光憑身世，都比妳實際得多，我為什麼要娶一個養女來做妻子？」

燈光黯淡，郭惠英在黑暗中哀泣，以顫抖的聲音說：「從小，這個家收容了我，讓我生命得以維繫，你們可以讓我生、也可以叫我死，將我鄙棄於這個家之外，亦不需要擔待什麼的。」

「將妳收容是短暫，我沒有義務，與妳近在咫尺一輩子。」

「這亦不是我所願，是養父母的用心良苦，他們怕你曬太陽、怕你受風寒，臨終前，淒涼語調滿心間，說得我淚漣漣，不再僵持自己的思想，揚棄自身的追尋，點頭應允隨身邊。不管程度有何進展，一生侍奉，做牛做馬亦甘願。」

「他們的盼望，我從不敢想像，事情若有轉變，我仍會將妳拋一邊！」

「已答應的事，就要守承諾。如果真到那時候，我認命，屋簷下，能棲身，樹蔭底下可蹲坐，路旁、草叢當涼蓆。季節更替，咬著牙齒，過一日、算一日！」

「妳想讓我難堪，到時有人關注，一定說我虐待妳！」

「只問自己心胸坦蕩，不聞他人千呼萬喚！」

「難道妳對我，了無恨意？」

「這等待遇，心底打寒噤，恨意何時平？」郭惠英簡要道出。

「原來我對妳的懲治作為，妳的心頭，早已怨氣頻起，妳這等克制痛苦的毅力，由衷佩服。」對人冷嘲熱諷，是他的一貫作風。

「等你曬了太陽，金星亂竄；著了涼，頭昏眼花之際，你就會知道，被折騰的滋味。」郭惠英繼續說：「惡劣的天候，擊不倒人；但惡劣行徑的人，終會被天擊倒，不信你等著瞧！」

「妳的胡思亂想、欠實際，難怪我會對妳反感！」

「天若有報應，想擺脫又何能擺脫？」

「既然如此，咱們提得起、放得下，趁早分手，免同一屋簷，見了刺眼。」郭惠英看了他一眼，「既然你已有規劃，我也想儘快把這些年來的夢魘，快速忘掉，期望你說話算話，放我自由。」

「從現實面來看，妳當然得走，但妳對這個家，真的盡到責任了嗎？」

「我每日忍苦耐煩，為了記恩澤，拼得焦頭爛額，當我緩下腳步，想呼吸一口氣時，你仗著魁梧的身軀，對我拳打腳踢，這一層層的恐懼，任何一個有愛心、有耐心的人，亦無法忍受。」郭惠英身上的血痕猶在，腦層間的記憶永存。

「我知道自己在做什麼，妳別忘了，妳的這條命，是我們家給妳的，妳想違逆人心，置身事外，從此對我不聞不問，我的衣裳誰來洗？三餐誰來煮？這個家，誰來理？」

「我對你，構不成影響與協助，我沒這麼了不起。反正你遊山玩水，吃喝盡興，哪一樣不行？少了我，正合你意，你反而自由自在，你可以飛天、亦可以遁地，因為我挪出了空間，你的地盤反而更大，豈不更好？」所有淒涼慘澹的過去，就將劃下句點，這是永恆的訣別，郭惠英已立下決心，何苦自找罪受，她奪門而出！

二

因為她的身世，他一向瞧不起。此刻，他竟突如其來的一股衝動，衝出門，千萬聲吶喊。但郭惠英拒絕回答，沉默不語，任憑語聲昂揚，她不再理睬，她要給他千萬樁的遺憾！

他再也嘶喊不出聲音來，隨著夜風擴散，閃著一絲蕭瑟，他的身子微感僵冷！

觀望甚久，上哪兒？思慮雜陳，郭惠英的身子鼓盪著，荒郊野外，何處是棲身？這般忍飢耐寒，咬牙切齒心頭恨！

心田灼灼痛，眼珠淚兒灑，週遭的風雲變幻在夕間，身世的堪憐，不再去想像。外邊雖冷，卻無須惦掛皮肉疼，而雜草叢生的野外，隨意躺下，草兒覆蓋身軀，倒亦暖渥，小小的天地，格外地寧馨。

郭惠英的身上，除了雜草，沒有任何禦寒之物，躺久了，不禁打了個冷顫，尤其夜間，氣溫驟降，她蜷縮著身軀，眼睛向上揚，翻來覆去，無法闔眼。

一會兒，半睡半醒間，忽聞人聊天，郭惠英極力不顯痕跡地四下張望，什麼也沒看見！

閉著眼，身子縮得更緊了，彷彿間，她聽著抱怨的腔調：「氣難消，良心被狗咬，想來就煩惱！」

小小的手電筒，照射了過來，旗袍下，修長的腿，踩踏著草叢，發出了聲響，一步一步地朝她方向走過來。

郭惠英激烈地波動，在這郊外，見著了人，心頭稍鎮定！

走到她旁邊，停頓了下來，女子一聲尖叫，郭惠英亦顯得尷尬！

「妳……鬼啊……！」女子掉頭就跑。

郭惠英追了上去，「我是人啊！」

她停下了腳步，回過頭來，「妳半夜不回家，怎麼待在這裡？」

「我沒有家。」郭惠英回答。

挑起眉，看著郭惠英，指著身畔說：「來，我們坐著聊。」

「好！」兩人隨即坐下，郭惠英將身子移近她，如此，溫暖了許多。

她隨口問了一句：「妳怎會沒有家？」

郭惠英淚水轟然湧至，她的雙臂猛揚，訴及原委……。

「妳以後怎辦？」她關心地問。

郭惠英頭昏腦脹地說：「不知道，反正走一步算一步。」

「在這兒碰面也是緣，我送妳一些盤纏。」說完，由腋下掏出一條手絹，內有紙鈔一疊，扔給了郭惠英說：「夠妳用一段日子。」

「我不能收！」

「我想幫妳啊！」

「妳我非親非故！」

「這錢，其實也不是我的。」

「那……。」

「半年前我在路邊撿到，交給警方處理，沒人招領，終交到我的手上，就送給妳了！」

「這……。」

「別這那的，收下吧，我還要趕回去呢！」

「妳叫什麼名字啊？住哪裡？」郭惠英問。

「叫我阿姨就可以了！」女子繼續說：「這支手電筒，給妳照明用。」

「妳呢？」

「我路況很熟。」

「我……。」

「我對妳的境遇很同情，我走了，妳多保重！」

手捧紙鈔，細數往事，郭家的存亡興衰，她亦有一份責任，她決定把這筆錢，拿回去交給他。

三

見了她，狂言浪語沒規矩，老氣橫秋、冷嘲熱諷：「才一轉眼功夫，灰塵不比米飯好吃吧？」

「我不是回來跟你要飯的。」

「那是回來看我餓死了沒？我告訴妳，家裡已沒了米糧，別跟我出難題。」

郭惠英語言飄揚飛動，「我回來送紙幣，幫你紓解眼前的難題。」

「妳以為自己是財神爺？」

「不管怎麼說，希望你以後好好地做。」郭惠英由衷地說。

「睜著眼睛瞎指揮，如果聽妳的話，一定倒大楣！」搖頭撇嘴厲言。

看他愛理不理的冷傲表情，郭惠英由口袋中，取出了那一疊鈔票，遞到他面前說：「我相信你比我更需要這一些。」

他立即換了一張臉，原本口含牙籤，鑲著金牙閃爍，賊眼圈圈轉，兇橫的模樣，卻突然目瞪口呆！而一會兒後，呵呵地笑了起來，「空中抓錢，不勞而獲，以後日子好過。」

「不要貪戀福祿壽，回首來時路，這一段經過，你應恍然大悟，更該惶恐莫名、俯首無辭！」

他開始用計謀，「過去的我，荒唐無稽，那是因為父母雙亡，處在巨大的惶恐之中，無法控制脾氣，但現今，談這些往事和感觸，都是不著邊際的，我的內心空洞，亦需要安慰和關懷。」

「可是，你卻拿別人來當出氣筒，我的身軀平凡，忍耐度已超過極限，無法再忍受你的荒唐行為。」

「經過了長時期的思慮和掙扎，我也曾呼天搶地，這一切的悲傷，就乾淨俐落的了結，讓時間深埋。」

「你強迫干擾他人的生活權利，你為了個人的歡樂，不怕他人背後的咀嚼酸楚。你隨著時潮翻攪，從未考慮別人。」

「黃昏的疲憊下，老骨頭，撐不了，心靈枯槁，而每思及我們的艱辛道路，妳的體貼入微，死心塌地為這個家，知道妳有說不出與道不完的苦，多想安慰妳兩句，卻說不出口，也不敢去面對。」此番話語說得讓人心動。

「以前不敢，現在怎麼敢了？」郭惠英問他。

「我也有著豪氣干雲的氣度，想一肩挑起這個家，以傲世的雄姿，堅忍不屈的風貌，深得妳的愛戴，之後，一起享受恬靜和平的黃昏，忘記陰雨帶來的煩躁，讓美得迷人的雲天，永隨妳我身側。」

「幻念存在你心中，抽象的嚮往，會是怎樣的結果？」

「是啊，我不該輕舉妄動，不顧大局。惠英，我有接受質問的雅量，妳心中有什麼不滿，儘管道出，讓我們一起來分擔。」

「你整天忙忙碌碌、跑進跑出，哪有時間歇著，又哪有耐力來接受質詢？」

「這回，我要徹底地洗心革面，給我一次機會。」站在她前面，俯著臉，眨著渴盼的神情，弓著背、哈著腰，等她回語。

「這個交給你，從今以後，我們漠不相關。」郭惠英將錢交給他。

「妳決心做了斷？有朝一日，夥計也會變老闆，多少富豪，即是循此模式上層樓，妳若沒看過，也該有聽過。」

「凡事總有陰陽面，你說你能成功，我不願下斷語。我將拔步飛奔，尋找牢靠之處做隱身。」

見郭惠英無心留下，他費心思，「妳知道嗎？我買了湯圓和水餃，等著妳回來。人常說，吃湯圓，甜口甜心慶團圓；吃水餃，填腹填嘴愛財寶。」

「孤苦伶仃怎團圓？唯有你，滿面錢銀愛財寶。」他的話，聽來頗為生動，但她知道，他的言語都是假冒，信不得！

他恢復了原來的面目，吼道：「靠邊站啦，瞎說讓人煩！」

「現實的你，有情無情一眼就看出來。」郭惠英的聲音，冷得像冰一樣。

「功德圓滿，妳可以走了！」他下逐客令。

郭惠英站於原地不動。

「妳把我的話當托夢，一付愛理不理的模樣。走出這扇門，竄過人與車，地方妥當則挪動，棲身之所自己找。」

「你的醜風敗露、醜聞外洩，若惡習不改，遲早，山為之搖、地為之震！」郭惠英的言語，說得驚心動魄，「需要的時候一種臉，利用過後又是一種臉，任憑你身軀再魁梧，你的心靈已空洞，任何一個人，都能輕易地將你擊倒，你的遠景絕不會光明。」

「妳有鼓勵我獨行的傾向，妳明白地告訴了我，只有我自己一人，才能稱王。」

「王與民，同是一條命，你自己一個人，既是王、亦是民。我走後，再也無人會受你窩囊氣，將來你生氣，牆壁是你最好的伴侶。」

他得意地說：「我的未來，我自己會掌握，妳的智穎再不凡，亦只是一個養女，妳沒有身分與地位。」嘲弄地歪了歪嘴。

四

空氣沉悶得叫人窒息，郭惠英自告別臍帶，初試啼淚之日起，不幸，便降臨於身，注定煩惱永跟隨，無法拋開，她冒冷汗，手揑得更緊！

郭惠英離去，他回眸，興高采烈地數著鈔票，正陶醉之際，鈔票突然變冥紙，他嚇得臉色蒼白、癱軟在地！

「惠英，妳該不會回來向我索命吧？」嘴中喃喃自語，「妳的手是溫的，既是鬼，該是僵冷的才對，妳究竟是人還是鬼？」

房屋能避風雨，親人可相慰藉，而郭惠英，無父母的孤兒，咀嚼無家的酸楚，寂寞及恐懼，在她邊界纏繞！她必須洗滌愁苦，所有恩情已還清，決定遠離，無須掛慮。

而他，甦醒後，在睡眠和死亡之間掙扎，這一切，貪字害了他。而期待與郭惠英的再次相遇，原因簡單，是由身邊瑣事和生活細節中，逐一觸發而來。他又開始眷戀起以前和郭惠英在同一屋簷下的生活，她走了，才知她的好！他發誓，只要她回來，粗魯的節奏，從此滌淨不再有。愛與誠的流洩，將是未來的處世之道。

收斂起臉容，他曾陷自己於不義，使郭惠英差點面目模糊、肢體不全，都是腦中鑲有太多的畫面，為誇耀自己的魅力，行錯方向、惡感和忌諱，冷酷地處之。

他對自己，開始無休止的指控，積聚多年的話，傾巢而出，滿臉歉然，淒厲的事，一言難盡！

心中惦記郭惠英，要到哪裡去找尋？

每日，他那泥濘疲憊的身子，走過村莊、繞過田野，他想找她回來，好好地補償這些年來，對她的虧欠，可是，她在哪裡？

他坐於階上，仰望空中，無窮心事般地，有種窒息的感覺！

只要有線索，有一絲她的消息，無論是生是死，他都要找到她。他日以繼夜地找尋，歲歲年年，始終無音訊。

「好久不見！」郭惠英寒暄。

熟悉的語氣，他掩不住興奮，抬起頭，話語哽塞在喉間，她的懷裏，抱著一個可愛的小孩！

「想不到我周密的布署，仍舊遭到妳頑強的抵抗，我們竟然會在這樣的情景下見面。」他激動，眼眶微紅，顫抖地說。

見他如此，郭惠英接口：「我建議你，為自己壓驚，你的事，我聽說了！」

「太晚了，來不及了！」

「不會吧？」

「哦？」他不解。

「只要你肯善待她，我願意和你過一輩子。」郭惠英指著懷中的嬰兒說。

「能否告訴我，孩子的爹是誰？」

「她沒有爹，我正在為她物色一個會疼惜她的爹。」郭惠英說：「她是我從孤兒院抱出來的，她和我有相同的命運，她的身世堪憐，別瞧不起她！」

「以前是我太荒唐，我會盡力來補償。人命無價、身分無貴賤，妳願給我機會，我會努力彌補，妳和她，跟我回去好嗎？」

郭惠英盯了他半晌，點點頭說：「難得你開竅，我很感動。」

聽此話，他俯首無辭，背過身去，壓抑著奪眶欲出的熱淚。

郭惠英走到前面，腳步不快，小孩歪著頭，靠在她肩窩。

他轉身，帆布鞋磨踩著地面，急速地追了上去，「妳該不是又要離開我吧？」

「你說呢？外頭的灰塵，不比家裡的米飯實際吧？」說完，郭惠英夾雜哽咽，突然想哭。

「妳若再走，我那兒沒人理，少了支援，必會一團亂，我對自己追求人生的理想，也會產生動搖，別再離開我了！」

「工作與私情，截然分開才應當，況且，我對你並不重要。」

「如果妳坐視不管，不在泥淖中拉我一把，妳又賭氣地走了，我缺少引導和鼓勵，悠長的未來路，如何走完它？」

「剛才就答應留下來了，你忘了？郭家對我的恩情，我沒忘，兩老把你交給我，我怎會坐視不管。要不是你平日的作為，傷透了我的心，說什麼，我也不會做短暫的離別。」郭惠英左思右想，做了理想的解答。

「過去疏忽於管教自己，妳的走，迫使我清醒，爾後有妳在旁監督，我會有所警惕，腳步會更實際。我向妳保證，一定好好地做，為了妳，我願摒除一切惡習，重新來過。」

「我對你瞭若指掌，你既有志氣，隨時可以重新出發，但不要只為擄個女伴做掩護，而對我太恭維。」

他推翻了她的假設，「在妳面前，我的確心生卑微，但情意是真。」

「如果有人打聽我的家世，該如何？」郭惠英的語氣，有點遲疑。

他對她，鼻對鼻、眼觀眼，相視而笑，「養女亦是人，何況妳，天生麗質，心性高潔，與妳在一起，必增添無窮的樂趣，美女在懷，心滿意足！」

郭惠英感動，一縷情絲沾上身，「相處同一屋簷，從未有這種感覺，此情，擺脫不掉了！到今天，我才真正感受到你好的一面，以後的日子幸福了！」

相互間，升起了一股愛的迴流，在和諧氣氛的包圍下，不克自持的神情，眼梢眉角浮動，二人，竟嚮往相擁！身材高大和小巧，與肩高落差之大，成了強烈的對比。

來往的人，目光移向他倆，雙眼輕瞧，傾慕的神色，既妒且羨！

他突然想起一件事，「妳臨走前，為什麼會拿一疊冥紙給我？是不是故意嚇我？」

「錢是別人給我的，當時，我覺得你比我更需要，才轉送給你。怎麼了？」

「沒什麼！」他不再提起，他終於想通，天意提醒。

團聚的溫暖，暖渥在心房。

俗情與世味，一層一層講！

撩撥漣漪，悠悠裊裊地騰昇！

縷縷沁香，且擁真情的流露。
鼾聲裡、睡夢中，人事交纏一場空！
聳聳肩，擦身過，聚散早已天注定！
風雲變幻，常在一夕間！

一場夢

一

一個溫馨的家庭，譜出了一首又一首的甜蜜樂章，彼此以豁達的心胸包容，以開朗的心情相待。

老夫婦於年輕時候，走過了崎嶇坎坷的途徑，兩人互相勸慰，凡事不要太悲觀，一時的失敗，並不表示永久的失敗，於勤勞不懈、努力奮發之下，擁有一片產業，羨煞他人。

同一屋簷下，膝下的幾個兒子，接二連三的傳出喜訊，一首首的結婚進行曲，在空中迴盪，兩老歡喜異常。

相處多年，兄弟與妯娌均處得愉悅，這甜蜜的家庭維繫，令人稱讚！

子孫各自堅守崗位，事業有成，兩老飽嚐世味後，集光榮閃耀於一身，過著安逸的日子、含飴弄孫的歲月！

二

就在順遂時，有了急驟的變化，安逸的生活裡，一向茶來伸手、飯來張口的長子友福，突然變了個樣，於打電動玩具時，認識了幾位臭味相投的賭友，在警方全力取締電玩的同時，他們眼明腳快，警察來了就躲、走了又來，最後，電玩完了，他們也沒得玩了！取而代之的是，以撲克牌為賭具，接龍、撿紅點，拼輸贏，越賭越沉迷其中。

長媳受到了感染，亦和三五女子聚集賭桌打麻將，夫婦倆成了慵懶怠惰、遊手好閒之輩，更為本身利益，枉顧親人之間的情誼，要求分家產。

「出個『了尾子』，注定淒慘落魄，如果能賭，屎也能吃，一日鬧死死，走街路在算石頭子，不認真打拼，只想賺歪路錢。」老夫婦氣極了，但還是答應了他倆的要求。

分家產之後，兄弟各自耕耘，底下幾個，一如往昔，只有友福夫婦，不聽勸導，習染至深而沉迷。

三

鄉村整建，家家戶戶出錢出力，協調會上，友福酩酊大醉亦跟著起鬨，他的捐款要領先群雄，村人一陣歡呼，待收錢時，倆夫婦已欠了一屁股債，拿不出錢，只得忍受眾人諷刺的言詞。

「埋沒三個死囝仔，就想當土公！」

「一個錢打二十四個結。」

「整身死翹翹，只剩一張嘴未死！」

「吃祖公屎！」

友福惱羞成怒，「你們這些半忠奸的，隨在啦，反正孤鳥插人群，講天講地都不打緊，吾們面皮比較厚啦，是說，有錢是大爺、沒錢是烏龜，這風水輪流轉，乞丐也有當皇帝的時候啦！」

「哦，見笑反生氣啦，懶馬也要有一步踢，予取予求，要吃不動，欠得整身濕濡濡，再不分寸，眾叛親離！」聲音由四面傳來。

「笑扁了，有來有往，沒來舒爽，不稀奇啦！」

四

家人籌款為他倆還清債務，免除了一些沒必要的紛擾！

「從今以後，我們的手指不會再癢了。」家人信以為真，只有老父明瞭他倆的作風。

他藉機向老父詐財，「爸，我想做生意，需要一筆本錢。」

「一頭牛無法剝兩層皮，該你的，早已給了你，阮不是和政府合作印鈔票，也不是在開銀行，要錢自己去討賺，你們倆人，有一錢花一錢，不知節儉，阮這把老骨頭，不值錢了。」

「怎能如此說，我又不是歹子，只是喜歡摸兩圈而已，你只要給一點本錢，我會很快就撈回來。」

「死囝子，在棺材邊徘徊的人，土已經埋到脖子了，還不惜面皮！」

「我的腦筋也是不錯的，等賺了錢，一定好好孝敬你，你們老是貪便宜、購狗鯊，吃不好、穿不好，我會讓你什麼多好。」

「你這作惡作毒的歹子，阮不需要你，你若要死，也要自己去挖洞，你以為你是好枇杷，好枇杷也要被吊在樹上。」

「講那麼多！」

五

他回到房裡，情緒低落，點燃了一支新樂園香煙，身子靠在牆壁，嘴裡吐出一口口煙霧，任它裊裊上升，而後化為烏有。

妻子沒注意他臉色的不對勁，得意地問他：「錢到手了沒？」

「錢錢錢，妳眼裡就只有錢，還有我這做丈夫的嗎？」

「人家是關心你嘛！」

「少來！」

「你別不識好人心，銅錢無二箇是不會鳴，要吵鬧我可不輸你！」

「別鬧了，我心裡都煩死了！」

「你煩，我就不煩，真窩囊！」

「再講，我就宰了妳！」

「你敢？」

「我為什麼不敢？」他由抽屜取出了一把水果刀，失去理智的，朝她腹部猛刺，她不支倒地，腸子流出腹外，他放下手中的刀子，朝她撲去，「妳不能死！妳不能死啊！」

六

友福嚇醒了，冒了一身冷汗，身邊的妻子亦被他的叱聲驚醒。

「友福，你怎麼啦！」

「沒什麼，只是做了一場噩夢！」

「看你最近總是心神不寧的，是否發生什麼事？」

「沒事啦！」

剛學會賭博的他，即時懸崖勒馬，這個夢，警惕頗多！

往日情懷

一

寒風撕裂、冷風猛吹，顫慄的寒夜，臉上和手感染了悚慄遍布，有形與無形的糾纏不清，辛懷仁思緒不斷，深深的淚痕沉浸無數悲歡歲月。

夜，慘澹淒清，星光幽幽，樹林黑壓壓，空氣涼涼冷冷，他的不能圓，滴淚在襟，忍不住要訴之天地，他的孤單與寂寞。

歲月摧殘，飲盡人生滄桑、話盡內心吶喊，憔悴的容顏，布滿憂愁的紋痕；往事悠悠、一腔情愁，驀然回首，唯是愁懷。虛無、絕望，欲訴無憑，誰是聆聽的知音？

辛懷仁熄掉了室中的燈光，外頭，些微月光流瀉室內，逝去的日子，耗神追憶，情愁，每個日落時分，繚繞昇起，在月圓時被編織、月暗時被聯想；痛苦漫長，快樂嫌短，雲翳籠罩在胸臆，獨自啜飲苦汁。

溺於感情深淵，一道深深遠離的巨痕，卻無法癒合的心，深鎖著自己，見不到的日子，失意的感覺，毫不留情地啃噬，他後悔，情緒激動，片面斷言易生憾事，而今，憾事卻漲滿胸臆，陷身漩渦的掙扎，感到難抑，不堪回顧的一頁，傷痕累累。

二

山邊的田莊，溢滿溫馨，夏天不燠熱、冬天不陰冷，人際和諧，儘管它落後偏僻，但仍是最美、最純樸可愛的。

悠悠的湖水，陪襯著藍藍的天，一幅湖光山色盡在眼前；一群農婦蹲於菜圃旁，將鮮嫩欲滴的蔬菜，一片片的收割，綑綁成把，以供市場所需，她們的神情專注，累了，則稍作休息，大夥兒天南地北、無話不談，眉張眼開的面孔、哈哈的笑語，是那麼的誠摯，身體雖是疲憊不堪，精神卻逸興昂飛！

田畝旁，兒童的追逐聲傳播，馬路上只有稀稀落落的人默默走過的聲響，農舍也傳來了幾聲隱約的狗叫聲。辛懷仁繞過田側，登上山巔，喘息中擦拭著汗，此地，沒有車子的怒吼，也沒有人群的叱喊，一片安安詳詳、寧寧靜靜。

漫山的雨霧，緩緩灑落，顯得冰清與柔靜，雨絲淋心頭，霧起輕煙思憶往，辛懷仁望眼欲穿，痛苦地呻吟，淚盈懷，觸摸，曾是冰清玉潔的余綺芬，如今卻是一片黃土掩蓋，一堆黃土將她緊緊地吸引住，她的動彈不得，是他的錯誤造成。

辛懷仁跪倒墓前，淒涼的墓園，四周空曠，身側花兒柔和輕靈，帶著淒美，撩撥起他心底最深的悸動，沉浸在那如煙如雨、依稀婉約的氛圍中，想過往、思今朝。

邈邈的雲空、遙遠的天涯，余綺芬的容顏，飄忽幽遠，她看不見他的悲傷，亦看不見他滿腮的淚，辛懷仁的確是真心的懺悔。

秋月的朦朧，依然有著美麗依漾的旋律，余綺芬的行囊，帶走的是一堆一堆的離情。入夜靜寂，星空俯臨，她的道別，辛懷仁心起疑懼，以為她是為追求豪華生活、物質享受，而跌入了不滿的深坑，勸她打消此念頭，認為繁華的街市，塵囂俗雜，燈紅酒綠的誘惑，容易使人迷失亂性。

余綺芬一再保證，無論身居何處，一樣能自重，他不信，大動干戈，更得意飄飄地指責余綺芬，笑人窮、妒人富，將放蕩行骸、悠遊終日。余綺芬悲傷哀鳴，辛懷仁的冤枉，她的眼眸刻劃著無數的夢痕，心扉顫抖，心酸淚水，無處傾訴。

平日，辛懷仁勇如壯士，在余綺芬的心中巍然挺立，現在，她失去了靠岸，失去了唯一真愛，她沒有存活的勇氣。心已碎、夢已醒，想及人類由青壯而衰暮，終歸一死，於是，留了字條，要辛懷仁相信她純潔的心。

余綺芬的五官並不秀麗，優雅的韻味、智慧的成熟，吸引著辛懷仁，於身居困境、熬受煎迫，她的心志堅定，辛懷仁的冷言瘋語，她大可充耳不聞、裝聾作啞、不予理會，而一時的想不開，狠下心腸、拋下父母、朋友，走到海邊，海風翻起白浪，她冷笑，人沒有困難所阻，豈能有赫赫偉業，這樣的感想，對她此時的心境已無幫助。

海邊的樹葉，奏起沙沙的樂曲，翩翩起舞，水面填寫著音符，心已冷，怨言恨語將隨她而去，亦將消散得無影無蹤，她脫去鞋襪、打著赤腳，一步一步地朝海底深處走去，海風襲，海浪翻滾，幾次掙扎，身沉海底，又隔了許久，屍身漂浮，而雨雲濃密、雷擊電閃，傾盆大雨沓頭頂，驚心動魄，辛懷仁聞知，後悔莫及，面對著無血色的余綺芬，緊抱著她冰冷的屍體，狀極哀嚎，沉於黑色夜幕中，喚不回、叫不醒！

從此，每當入夜靜寂、星空俯臨，辛懷仁思情湧溢，歸入了憶念深處，心扉澎湃、濃情難耐。

日子千篇一律的過著，毫無變化，辛懷仁的心中常有相當大的波動，盼余綺芬相逢在夢中，久盼不著。每晚，風吹抖動，他幻想，將是她的來臨，但屋內，總是寂靜無波，他失意，輾轉難側，只有到余綺芬的墓園，解其相思苦。

三

踩夢裡的足跡、憶舊時的甜蜜，往日的歡顏，輕柔的影姿，無聲無息無蹤影。疑人心、問世情，邂逅聚首，所有的話來不及訴說，便哽咽在無言的靜默裡，無論如何酸楚疼痛，每一個傷口都是一個教訓。

人為感情的動物，亦為理智的動物，能對事物冷靜分析，余綺芬是他生命的摯愛，也是傷痛的記憶，然而，面對現實、努力求進，才是為今之要點，因此，辛懷仁為創造出光輝，腳踏實地的履行既有的計畫。

山上，冷風如弦，枝椏及叢草躍動著，遂成一種碎柔的音籟，辛懷仁步上山中，停下腳步，視線擲向墳前，心神凝定地迎上去，點了香，祈求余綺芬飄走怨、帶走恨、吹走不如意、捲走憂傷，他將對自己適度鞭策，使品德提昇，以慰她在天之靈。

膜拜之後，辛懷仁心緒漸次平息，心靈感到一種自世俗中解脫的自由無羈，他重新奮起，亦將故事告訴好友李興緯：「我從來就不知道，自己這麼糊塗，戕害了一個純潔的女孩，失去了她，我好難過。」

「沒有傷痛，就不知痊癒的過程，未曾失去，就不知擁有的可貴，願你將記憶保留，隨時警惕自己。」

「每次憶起，總似湖水波瀾起伏，都怪我，不懂得愛惜珍重，才造成今日的遺憾。」

「喜來悲愁全在一念之間。」

「流過了多少淚水、捱過了多少風寒，只盼雨過天晴，明日帶來新希望。」

「為了你、為了她，褪去憂鬱，擁一片汪洋，奔向萬里晴空，你不妨領會一下山的廣漠悠遠，它可激起鬥志，洗滌汙濁的心靈，打開閉塞的心胸，踏實點！」

四

辛懷仁、李興緯二人，情似兄弟，亦同時喜歡上郝毓琴，郝毓琴美若冰霜般典雅，李興緯憐憫辛懷仁剛癒合的情傷，遂自行退出，保持君子風度，成全了辛懷仁，辛懷仁當仁不讓地窮追不捨，渴見意念，盈滿於心。匆匆一瞥，溫柔的眼波，迴繞在心靈深處，午夜獨白，常因郝毓琴的影像，被一種喜悅繫住，川流不息的傾慕，無邊無止境。

辛懷仁追逐的眼光中，郝毓琴心弦陣陣波動，她接到了一種非比尋常的訊息。但四目交投的剎那，辛懷仁視野的獵捕，讓郝毓琴不自在，只想逃避。

辛懷仁為贏得芳心，恆久的賣力，工作加勤、雙手繭粗，每聞郝毓琴的步伐聲，他感受日子充實、歡愉。他始終不忘迎接這一天中，美好的一刻，下班時間，他紓解疲憊、滋潤心靈，同時，讀她眼中柔柔的波瀲，不錯過她來去的身影。

郝毓琴的矜持，不願承載他太多的關懷負荷，她想來個不理睬，當見到他一臉無奈與憐惜，又捨不得去傷害一個純摯的心，破壞了他美麗的夢幻、多情的世界，最重要的是，她已因他的柔情、上進而心動，心田滋生著一股恬靜的美。

前世照面，今生相逢，辛懷仁怎能忍受再度錯過的悔恨與哀怨，他鼓起勇氣，表明心意，郝毓琴終於答應與他約會。

晚風撫髮絲、夕陽映身影，落日黃昏，炫爛晚霞迷人，此般情景，感觸極深，辛懷仁顫動的心，怎掩飾得住萬般思念？

他們閒聊，辛懷仁無意間暴露余綺芬的事，郝毓琴臉色頓變，辛懷仁知事不妙，企圖掩飾，又拗不過郝毓琴的追問，全盤道出。

郝毓琴在抽身而退與繼續交往間，迷惑不已！

目視了多少旭陽昇落起伏，失意的時刻，辛懷仁儘是獨飲無助，塵埃布髮絲、烈日照眼底，辛懷仁竟變得瘦弱，不再像以往活潑、朝氣、自信，他的笑容含著隱憂！

第一眼瞥見郝毓琴，就被她的溫和柔婉所震撼，卻又禁不住回頭，思起余綺芬，初相識的偶然與歡樂時光，深知聚散本無常，卻無法克制住思緒，揮去心中的沉慮苦悶，連暫時忘卻也難。

書信是彼此互訴心意的傳遞，有緣長相聚、無緣長相憶，不能擁有郝毓琴，將是他的遺憾，辛懷仁輕呼她的名字，人有所屬、愛有所歸、皓月可證、群星為憑，他的真心、他的愛，叫她別用時間來考驗，日復一日，沒回音。

孤寂的週遭，將辛懷仁震得驚慌失措，他害怕散場的悲悽，但美好的一切，化為雲煙，消失得無影無蹤，他將崩潰！

狂風驟起，來勢洶洶，他竟為情消瘦，在陰陽界掙扎，李興緯轉達此事，郝毓琴回心轉意。

愛情的力量，辛懷仁起死回生，輕輕一躍，生命又復甦了！

五

愛情往往在毫無預警下鑽了出來，令人意外、驚喜；而分手亦往往在愛得最深時收回，如晴天霹靂，令人傷心、痛苦。

辛懷仁漸漸地疏遠郝毓琴，郝毓琴絕對地信任他，為他編織理由。不料，郝毓琴某日走在街上，瞧見辛懷仁由一家餐館出來，她喜形於色，正要開口叫人，卻瞥見他手挽妙齡少女，輕撫纖細的香肩，她驚愕，倒退數步，千愁萬緒糾纏，悽悽別離數日，竟成難逢相聚。

辛懷仁未發現，牽著女友的手，朝她走來，郝毓琴欲避不及，腦中閃現，樂觀地想，不能相愛就做朋友，坦然地面對有何不可？於是，她強做大方，而辛懷仁在此刻亦看到她仰視的眼神，微微地點頭便離去，身旁的女孩娉婷而立、年輕美麗，眼中散發著光采與掩不住的笑意。

郝毓琴的胸中落寞，悲悽的心情相隨左右，禁不住思愁在心底潸潸而落。

一輪明月冉冉昇起，高掛天空千萬里，他約了她，無人打擾的悠閒時分，似無聲息。辛懷仁飲過烈酒的臉龐，神情憂傷，淌著淚水迷濛雙眼。

走了一段路，郝毓琴開口，哽咽地說：「我無法衡量你眼中的淚水到底有無悔恨、眷戀，曾經，我的淚眼感動不了你，很失望，相信我們之間一定有些什麼，是我所不解的。」

「妳婉轉的情懷在心底流盪，不管相聚是怎樣的心境、離別是怎樣的感受，我們曾擁有過，離開妳亦捨不得，然，我尋到余綺芬第二，只有對不起妳。」

「人類回憶的本能永無止境，腦際的憶念始終執拗，這我相信，可是，濃濃的情誼、深深的愛意，難道比不上認識幾天的余綺芬第二嗎？」

「邂逅了她，幾許溫暖湧心頭，綴滿一片繽紛的活力，於是，立即傾入了澎湃的年輕情愛，迸裂出了愛的火花，熱慾在胸襟燃燒，所以，請妳了解，並忘了我，亦無須與她爭，她的容貌太酷似余綺芬，我無法按捺，重尋舊時情懷舊時愁，不再將相思強壓心頭。」

「我何必苦心孤詣地與她爭奪一席之地，年輕的歲月，有年輕的生活，不該讓煩惱填滿，當一切都過去，我會慢慢將你忘記。」

六

等待，擾亂了淒苦的胸田；思念，盼白了憔悴的容顏，郝毓琴盼不著辛懷仁的回轉，不再有亮麗的手采。空虛的心境，難以填補。

李興緯見辛懷仁如此作為，不願多說，他願做郝毓琴的忠誠摯友，於困難時鼓勵，於憂慮時分憂。

刻意追求的色彩會黯淡，執意過的夢境無法呈現，亦會褪色，郝毓琴的生活安詳平淡，在記憶深處擁著甜蜜，記著一段情誼，還是刻骨難忘。她努力的，從不狂呼怒喊，以免擾亂情緒，美麗的東西屬短暫，抹去心中的寂寞、拭掉多情的淚、淡忘離別的痛楚。

往者已矣，郝毓琴不想再努力的爭取，時間、空間已戕害到有夢的心靈，哀怨的情節，淚潸潸，點滴的每個片段，激動不已，這份苦楚、這份苦澀，只有李興緯有同感，情痴如他，為了好友辛懷仁，毅然將愛隱藏，成全了辛懷仁，辛懷仁的不珍惜，他除了心寒，還能說什麼？

這些年來，郝毓琴的情有獨鍾，他領受到了，然而，他仍不忘與她聯繫，只因她是個很好的女孩，假如能娶到她，更是終身之幸，而感到不可能時，想想算了，但總以為仍有一絲希望，所以對郝毓琴的態度，從未改變，又礙於好友辛懷仁之間的兄弟情誼，心中矛盾、掙扎。

純真的心，佔據了李興緯蟄伏已久的心，未曾一刻將她忘掉，他的紅粉雖多，知曉知音難尋，一顆溫柔敦厚的慧心，自認識了她，再也不會喜歡別的女孩。

郝毓琴嬌嫩脆弱的感情，承不住一次椎心的刺痛，她沒有排斥李興緯，可是，擔怕陷入深淵，再一次分離，即不敢奢求再一次傾心的相遇，而表現得冷血，近似沒有感情。

李興緯溫柔的話語，不經意地流瀉出來，郝毓琴緘默不語。

郝毓琴被風拂亂的一頭秀髮覆蓋著憂容，水汪汪帶淚的大眼睛，悲慟哀傷，他走後，她已很少攬鏡端詳，消瘦不堪，李興緯心疼不已，純真之情懷，永遠那麼持久長遠，對她，在內心深處有熟悉感覺。

君意苦苦追求，沒有一絲勉強，亦沒有一點怨言，他要她別再徬徨無依，顫抖的手，將熱熱的情，滾滾的流出。

李興緯要郝毓琴切記，他絕對能包容和治療她的創傷，不會介意過去，他告訴她，上有燦爛的天空、下有芬芳的大地，他會讓她擁有遼闊的世界。

李興緯心緒浮繞著喜悅，在她的耳際低吟，深情款款。無奈傷懷、無法釋懷的郝毓琴，以悽楚的聲音，道出她是如何的害怕，她怕再受傷害。而他願接受考驗，一席話，隱藏著些什麼道理？

青春隨著季節的流逝在消逝，他的激勵，她慢慢恢復以往擁有的丰采。

他捨不掉閃亮的雙眸、抹不去美麗的容顏、拋不開她的聰穎賢淑，看著她，眼激動、心悸動，入睡夢即來！

李興緯陪她走了一段長長的路，終打動芳心，當雨絲劃過了一窗的冰冷、雨打玻璃窗的聲響，她不會再與傾盆大雨和惱人的霧訴苦。

七

辛懷仁瀟灑的背後是脆弱，女友賈珍珠像極了逝去的余綺芬，他萬分疼愛、溺寵，賈珍珠是個自私的女人，利益獨佔，從未想及他人。她喜歡在穿著上下功夫，翩然走在街上，玉頰紅酡的美人，臨風搖曳、風華絕代，令人眩然！服裝是人體的包裝，展示了軀體的優點，鮮明的衣裳，帶來了活躍。而她錯亂的揮霍，滿溢沉醉，他以悲憫、諒解的心去包容，平息了怨尤。

驟然，有股衝動，竟想緊握頃刻，當辛懷仁正想和她輕聲低語，以炫爛燈華來點綴相聚的歡愉，豪放曠達、痴醉徘徊。賈珍珠認為辛懷仁空泛，一廂情願地遐想，可笑異常，便隨著風兒冉冉而去，留下無垠的岑寂。

辛懷仁孤雁無依，空自思盼，賈珍珠能重新飄回他的眼簾，再網住嬌細的笑語，揚起內心的熱情，輕輕地踩、輕輕地舞、輕輕地歌，屆時，細訴綿綿私情。

黯淡的心情、失落的年華，單調、乏味、沒色彩，搖曳在邈遠的記憶中。尋覓、思夢，又是追逐、又是悵惘的旅程，遙寄著悲懷的思念。

愛情的束縛，是他可憐的故事，嘗苦澀，辛懷仁的愚蠢、賈珍珠的陷阱，造成辛懷仁殘忍的明天。

往事如昨，歷歷胸懷，醇厚的情感，誠然是永恆的追尋，有股無以言述的力量，督促他想起了一件事，有個念頭閃過腦際，模糊中有些兒熟悉，仔細地追溯尋味，影子愈來愈鮮明，曾遺忘的，此刻又記起。

八

曠野綠波，雅色綺景，嚶鳴悠閒，入眼簾！心寬靜遠，覺清涼，暢身飄然。

視線觸及，辛懷仁心頭閃出了喜悅的異彩，焦慮憂結的心，見了涵養、高貴、溫雅的郝毓琴，笑靨與歡顏驀然顯露。

隨思緒浮動，如鯁在喉，飛躍的身、灑脫的性格、帥氣的言行，已不復存在，潺潺縈繞、迴盪柔腸，是心的痛苦。

「我的無知、愚昧，讓我失去所擁有的一切，滄桑史，烙下了永不磨滅的缺陷，眼淚是最佳的獨白。毓琴，請回首注視一下我曾為妳閃著淚水的眼光。分離，成了淚濕地淒暗幽谷，我已省悟，但我知道，再也無法將妳追尋，亦無資格談論，然而，真摯的戀曲刻骨銘心。」

「哭泣、懺悔、哀怨，也不能將昨日的錯誤補救，你害死了余綺芬，又棄我而去，不要再做夢了，別以為奇蹟會出現。」

「揮別癡迷長久的戀情，是我的錯，如今想想，我仍念著不變初衷的愛情。」

「曾擁有，不曾把握，我在隱蔽的角落，躲藏一段長長的日子，罪該誰屬？」

「我……。」

「蕭瑟的傷感，終於明瞭擇友該如何，什麼才是真正的友誼？真摯的友情是永不變色，好不容易把積鬱心湖底的苦悶渲洩，又好不容易尋得一份真緣，他，李興緯，長得並不俊，在我眼裡，他仍是雄姿英發，和他在一起，我心輕快，精神抖擻。亦學到了淡泊寧靜、知足常樂，所以，我現在過得很好。」

辛懷仁知曉無法再挽回什麼，悵悵然地走，他不怪她，是他自己種的因。再者，他相信李興緯的為人，他的誠懇、負責，將會帶給郝毓琴幸福，除了祝福，他不再作夢，亦不再妄想。

另則，賈珍珠離去後，沒有辛懷仁在身旁，日子了無生趣，方發現已愛上辛懷仁，她眷戀既往，終於，拾起包袱，回到了辛懷仁的身邊。

她徹頭徹尾地改變，貪逸習性袪除，取代的是余綺芬再世，聰慧賢德。

好事多磨，賈珍珠果真飄回了辛懷仁的眼簾，從此，辛懷仁所面對的，不是深深的虛無、絕望，而是一片生意、遠景。

長長的思念

一

在陽光的柔軟裡，在微笑的瞳眸中，於青山綠水、風光明媚的人間仙境，特殊的景色、特殊的情緒，懂得生活情趣者，於這一塘綠意的襯托下，徜徉，遂有無限的詩意。

湖邊休憩，靜聽湖的呢喃，那份淡雅，眼睛散發出醉人的笑靨，而湖邊稍彎曲的小徑，人兒並肩走著，慢慢地，聊了起來，雙雙對對的情侶亦攜手漫步，臉上流露出悠閒自得的樣子，羨慕之意不禁油然而生。

拭亮雙眸，生活週遭日日之凡事，頗值得深思與珍惜。

閃亮的眸子，神采飛揚的模樣閃過腦際，他（她）們打著赤腳，將雙足浸於水中，細砂由趾間流過，雖然浪潮會將腳印抹去，但雀躍歡欣的快活心情，自心底湧起，而眉宇間認真的表情，有著一股如沐春風的溫馨感受。

當山風驟起，砂石飛揚，湖旁樹梢上的枝葉亦婆娑起舞，風聲似噪音般，無孔不入地鑽進人的耳內，而湖面亦不再平靜。

冷風襲面，滿腔積蓄的焦慮湧起，遊湖的人潮亦逐漸退去，湖的情緣沉入心坎，不復方才的熾熱。

灰濛濛、冷瑟瑟的日子，她依然溢著滿懷的希望，駐足等待，只為挽住一份曾經久盼的情。輕巧溫柔地迎向前，瞬間，凝眸底激動，他若無其事地由她眼前走過，她在心中問他怎能如此地逃避？怎能狠下心走離她的生活圈？

垂著頭，看著自己苦心經營的青春，她的鍾情萬縷、她的長長思念，不得不掩面涕泣。無可奈何地分手，純純的友誼，由甜變酸，眼淚不自覺地沿頰落下，憂慮的情緒，影響了她的生之情趣。她走遍了天涯海角、踏遍了千山萬水，尋他，不見蹤影，哀愁陣陣。凝思，被一片紛亂雜音所取代，勾起無邊的思潮，淚流滿面，眉際眼神間，有些慵懶，意志消沉，神情憔悴。

燈暈溫暖，闔上眼睛，該是夢境甜美的，而辛酸往事如絲如絮排列在心頭，盈眶的淚，泣訴著，禁不住黑暗駕臨，而感到夜的悠長。

冗長的日子中，數著由陰陰雨雨所摺疊起來的痕跡，漸行漸遠，猶如一縷煙，消散後，全化為烏有，再追尋，亦是渺茫無蹤。

青色的湖邊，浪花飛躍，望著碧波萬頃的湖，她的思路背負著長長的思念。

二

她沉酣在湖畔的景物中，聽到了湖水的柔波，細細緩緩地輕流，如此清靜安謐的氣氛，引來了她的思緒，想起了和他在一起的時光，於是，她的內心開始彈奏著悽楚的曲調與傷情的旋律。

平坦的水泥路面，人來人往，無一事發生，她卻莫名地絆了一跤，旁人訕笑，「平平路，摔死老豬母」，她羞怯，眼眶紅潤，忍著膝蓋的痛楚，快步離開。

她的窘態，被他發現了，他拿出棉花與雙氧水，並安撫她別難過，她誤以為他是裝腔作勢的虛偽表現，拒絕了他的好意。返家後，為消毒與消炎，以碘酒擦拭，數日後，傷口結痂，很癢，她企圖剝去，他瞧見，加以制止。她怪他窺伺，他回答路過巧遇，並勸她傷口不能抓，否則會感染細菌。她不信，偏要做給他看，指甲一觸碰，流血了！他說她不聽老人言，吃虧在眼前，她罵他烏鴉嘴，他吃力不討好地離開。

望著他的背影，認真地想著，他的話不是沒有道理，是自己太幼稚，即開口喊他，他回頭，慢慢地朝她走來，甫一站定，她輕翹嘴唇，向他說了聲對不起，他那讚美的眼波緊盯著她那純真無瑕的容顏，她終於長大了，霎時，兩人為彼此投來的眼光所深深地吸引著，整個思維、整個心靈，都被彼此的形象所佔有。

遼闊肥沃的田野，青青芳草，綠遍天涯，深深淺淺的青蔥碧綠，染遍大地。他倆穿梭在綠影裡，歡喜快活。

沿著湖邊堤岸，漫步而行，他緊皺著眉頭，神情低落地向她提出了分手的要求，她欲語淚先流，久久講不出半句話。他鼓足了勇氣，「和妳在一起的這段日子，妳的話語是那樣的柔和，妳又是那樣的懂事，妳的好可以寫出很多歌頌的詩句……。」

她打斷了他的話，「等我死了，再到墓前來說吧！」講完，泣不成聲。

「原諒我，好嗎？」他哀求。

她拭去了眼淚問他：「什麼原因，讓你改變這麼快？」

「我們都是貧寒人家出身，對以後沒幫助，不如早點分手。」

「原來嫌我窮！我的癡情與愛戀，所換來的感情，卻是被侵蝕得千瘡百孔，莫非你，只是虛情假意？」

「不要誤會好嗎，對妳的用情絕對是真的。只不過，她的條件比妳好，有了她的幫助，我可以實現很多的夢想，將來可以當上總經理，甚至董事長，每天西裝筆挺，在辦公室享受冷氣的沁涼，又能開名車、住豪宅，有這麼好的際遇，怎能輕易地放過。」他洋洋得意、一遍又一遍的說著。

「有這麼好的際遇，如此幸運，你是該去當你的董事長，我也繼續村姑生涯。」她的聲音哽咽，而他的心卻一陣矛盾，想向前安慰，但虛榮心的驅使，心已飛到另一個女孩的身上。

三

遠處的青山、近處的村莊，籠罩在朦朧的雨景裡，她回到書桌前，在書架上隨意抽取一本書，好長一段時間，未曾觸及，她拂去了書頁上的塵埃，攤開第一頁，裡頭白紙黑字，她一字也看不進去，只覺心亂亂。闔上書本，按下了隨身聽的按鈕，隨即一首熟悉的歌曲迴繞室中，跟隨節奏的起伏，她亦哼了起來：

到了分手的時候，誰也難以開口，到底這是誰造成的錯，又有誰能夠告訴我？為愛付出一切，為情犧牲太多，如今落得一切都成空，難道就這樣走，偏又欲走還留，為了情、為了愛，我該如何？

唱罷「欲走還留」，淚滴如珠，清脆的聲音已淒咽，徒嘆，命運無奈！

她傷心難過，未發現他已站在身旁，他為她的面容憔悴而生憐，對她情愫猶存，為了前景，只有背棄她，逕自往回走，爾後，在她面前，若無其事地摟著別的女孩。

他來時，她沒發現；他走了，她一點也不知情！

走在雨中，他願雨洗去他心靈的汙垢，使之恢復原來的純真無瑕，尤其是方才看了她那痛苦的模樣，他不忍傷害她，好想回到她的身邊，不再為了尋求自身的快樂、虛榮，而犯下大錯。

當他決心改過懺悔，回到她身邊時，一個沉靜而岑寂的夜裡，她將自己的悲哀，一字一句寫成了遺書，然後懸樑自盡，他得知消息，痛哭流涕！

她已香消玉殞，他難過至極，再也沒機會向她表達，這樣一位癡情的女孩，因他而死，他一輩子都要接受良心的譴責。

他日以繼夜地思念著她，希望對她稍加彌補，徵得女方家長的同意，將她的神主牌迎回家門。

屋裡布置得喜氣洋洋，在燭光閃爍下，美中不足的是新郎、新娘陰陽兩相隔！他望著蠟燭留下的燭淚，憶起她流淚時的情景，嘆息不停，越思越想越難過，於是，情不自禁地真情流露，眼淚緊隨著潸潸而下。

前塵往事

一

蒼茫的暮色，由四周掩蓋而來，絢爛的黃昏色彩亦趨於平和，只有成熟飽滿的稻穗迎風搖曳，風過處，偶爾亦會吹散了它完整的形體。

雀兒雙雙，紛紛飛向樹梢、枝椏間，而他似乎很孤獨的樣子，看得入神、笑得淒苦，青春的夢，對他而言，已經十分遙遠了，也許是一個永遠無法實現的夢！

人間幾許憂愁，悲歡離合總無憑，他輕輕拭去眼角懸掛的淚水，泛著隱隱淚光的眼睛，前塵往事一一地齊聚心頭，好久好久的事情了，他的創傷依然未痊癒，眼角再次濡濕、模糊了起來，淚眼汪汪。

二十歲那年，他與朋友合夥做生意，靠著親切的笑意、誠懇的態度，生意愈做愈好、愈做愈大。二十六歲那年，朋友染上惡習，終日沉溺於賭博，十個賭徒九個輸。賭，易傾家蕩產，他常這樣勸導，卻惹來朋友的不悅，鬧到最後，只得拆夥！

各立門戶後，在追逐名利的競爭中，感情日益淡薄，他那位朋友變得冷漠又現實，而後互不往來。

三十歲那年，他有了事業基礎，而完成了終身大事，不料，妻子趁其不備之際，捲款潛逃，叫他心寒，從此，他沉默無語、態度冷漠，謙卑的笑容也不再！

他匆匆結束了營業，到人煙稀少的地方，購了一塊山坡地，蓋起雞舍，飼養肉雞，由買小雞、點藥水、保溫、飼養，再到市場找買主，全一手包辦，因飼養肉雞的人少，他的荷包賺進大把大把的鈔票，腦筋動得快的人，亦一個個地加入養雞陣容，到處雞場林立，生意競爭得厲害，價格不斷往下跌，又逢雞瘟，賺少賠多乃常有的事。

看後面還有很多人興起蓋雞場的念頭，他迅速將雞場修建為養豬場，再將空曠地犁平，種了一些農作，混合著飼料裹豬腹。經年累月下來，又賺進了大筆財富，錢財有了，但他的精神卻格外的空虛，沒有家庭、沒有妻小，他不知自己是為誰辛苦為誰忙？每每思及後繼無人，悄然滴落的淚水由心底深處汩汩而流，眼眶總是紅潤潤的。

雙親早逝，留下兄弟二人相依為命，他的大哥在一次發生意外中喪生，那年他才十七歲，他悲傷哀泣，又沒經濟基礎，草草料理完後事，即含淚到他人店裡充當小弟，看別人的臉色過日，淚往肚裡吞，咬著牙忍耐。終於，他的勤快感動了老闆，加薪又分紅，而二十歲那年，老闆全家遷居他處，他全心全意地經營，又與朋友合夥，但多年的心血，差點付之一炬，他更想不到，新婚妻子會背叛他，使他在往後的日子，對女人產生戒懼之心！

然而，香火延續就靠他了，沒了子孫，如何對得起逝去的父母，又如何對得起列祖列宗，他的心陣陣地矛盾起來，幾經思量，他決定領養一名男嬰，好好地將他撫養成人，可是，要上哪兒去找呢？他想著，就算找到了，人家的父母真能放心的將孩子交給他？而他自己，一個大男人，沒有育嬰常識，如何是好？對孩子再如何關懷、體貼，終究不是自己的骨肉，能真正發揮愛心嗎？或許能，但愛的作法，另一面是自私的想法，他要男嬰從他的姓，百年之後，繼承他的一切，他要後繼有人。而男嬰呢，以後長大，會誠心跟他嗎？他們沒有半點血緣關係，他會要他嗎？在他年老之後，還會理他嗎？越思越想，越心亂！

左鄰右舍常常冷嘲熱諷地訕笑，他們笑他，老婆拿錢貼客兄，又跟客兄私奔，他氣急敗壞，卻啞口無言！

妻子的不貞，他恨透了女人，以為結婚，對他來說，是個永遠無法實現的夢，當每次看見鳥兒雙雙分飛、人兒雙雙對對，他孤獨、茫然，更有著強烈的自卑感，於是，伴著他的，乃是傷感與淚水，他嘴裡念念有詞，男人是不能掉淚的，結果，他還是哭了！

二

城裡的戲劇表演，鄉下人們均扶老攜幼的前往觀賞，有的搭車、有的步行，他留在種豬場，倍覺無聊，頓興起了看戲的念頭，風塵僕僕地趕到定點，抵達時，已人山人海，或許是因戲劇最易表現人的悲歡離合，多少涵蓋著人群生活狀態的寫照，前來觀戲者絡繹不絕。

演員在台上賣力地演出，台下則萬頭鑽動，陣陣掌聲此起彼落，他繼續往台上看去，一個臉上化著濃粧的小旦出現了，她的身影是如此的熟悉，推開人群，向前端詳究竟，風寒慄，他的身子亦顫慄。細看，原來是她！那個不要臉的女人，他咬牙切齒，痛恨異常，恨不得狠狠地揍她一頓，但是他不能，如果上了台，揍了她，觀眾勢必不滿，他必引起公憤，暗思量，忍吧！只要視線緊緊跟著她，她逃不出他的手掌心，好吧，就這樣。

她回到後台，他繞了一大圈衝入，工作人員大驚失色，他向他們保證，不是來找麻煩，只想與她單獨說幾句話，他倆走了出來，她否認曾是他的妻子，他指證歷歷，她百口莫辯，他要她跟他回去，她不肯，百般求饒，他心一軟，放走了她，眼睜睜看她上了車，離開了他的視線，漸行漸遠，而觀眾也一一地走了，只剩他一人孤獨地站在原地發呆。

回到種豬場，一再回味剛才那一段，他恨自己的無能與憨傻，為何要放走她？她跪下能啼、站起能笑，自然見鬼說鬼話、見人說人話，這麼容易，三言兩語就被甩了。

三

鄰家女孩看上他的憨厚，常藉機與他相見，她那長長的髮絲隨風飄起，標緻的臉龐惹人愛憐，並且洋溢著一股青春的活力，照理，他應沉迷心醉，然則，心中的陰影拋不開，他不相信她是真心與他為友，他戒慎恐懼，以為她是貪財之輩，他重重地傷了女孩的自尊心，女孩哭了，他仍然鐵著心，女孩甩著頭髮，忿忿地離開，臉部那可人的美，成了悽愴之顏！

等他想開了，不該將那善良的女孩比做那可怕的女人時，一切已太遲，女孩不再理他了，他哭喪著臉，幾次徘徊在她的窗前，希望有著一線生機，盼望她能打開那扇窗戶，探出頭來看看他，聽他表達內心的真摯底情，而女孩始終沒有！

是他傷了她的心，他一再自我譴責，當時如果能冷靜的思考，早就娶妻生子了，現在也不用操煩，他覺得深深地對不起她。

女孩呢？從未聞及與人論婚嫁，難道她要一輩子，將自己鎖在屋子裡，不再看看外面的世界嗎？如果這樣，一切都是他造成的，他的心懺悔著，湧出一連串的熱淚。

心靈靜美時，她將他當成是最美好的人，有意託付終身，他不領情，她心焦氣急，待他想通，她心底依舊留存恨意，雖然她不小了，雖然她曾對他動過真情，往外眺望，他就站在窗外，她該打開心靈的那扇窗門，啟開心扉嗎？

終於，她露出微微的笑意！

他告訴她，彼此浪擲許多，別再追憶、別再懊悔，讓兩人共同珍惜未來相處的日子，她微暈地點頭，他好感動！緊緊地握著她的雙手，鼻一酸，又珠淚圓滾，她告訴他：「大男人不許掉眼淚！」

「喜極而泣！」他如此說。

擁著她的日子，他更賣力的工作，他不再掉淚，因為有她！

驀然回首淚滿襟

一

夜晚的蒼穹中有著稀疏的寒月殘星，而花朵在微風中，散發著清遠的幽香，獨思，有一種悠閒雅致。

漫步，夜的靜，顯現腳步聲的清脆，屋後面的溪畔，於白晝，清澈的流水，溫和而平順地滑過，在陽光照耀下，水波盪漾處則隱約出現閃動的波影，觀賞，保有一份愉快的心情，於夕陽微醺之後，或許黑夜更有另一番情趣。

重踏故地，耳根清靜下，他打算通宵達旦地聽著潺潺流水的細語，亦趁此時的無紛擾，花一點時間，冷靜地反省。

二

溪畔旁的大石頭，一粒粒洗滌得清潔光滑，觀之清爽！由異鄉歸來，於車上，透過車窗凝望，為它的亮麗所吸引，下車後，他的肚子正唱著空城計，快步奔回家，白髮蒼蒼的老母已為他準備了最愛吃的食物，他垂涎三尺，顧不得先洗手再吃飯的衛生習慣，迫不及待地自由擷取，很快的，便盤底朝天，老母看著愛兒的吃相，感觸萬千，忍不住心疼地問他，多久沒吃飯了？他擦擦嘴角，親了親老母，然後開口道出，在外頭拜師學藝的這段日子，師傅傾囊相授，他亦努力學習，物質上，吃的、睡的、用的，都不差，就是精神老覺貧乏空虛，敬愛的母親不在身邊，令他牽腸掛肚，常睡到半夜，忍不住涕泗交流，而此趟學成歸來，就憑一技在身，母親的含辛茹苦，將他照顧得無微不至，他願做牛做馬的奉侍老人家，他的苦思力想，老母深深感動，連忙說：「阮一日燒香拜佛，菩薩在保佑，真是謝天謝地，阮兒子有路用啦，後半輩子阮就沒啥好煩惱了！」

三

老式的深宅庭院，寫滿了古老的滄桑，老人臉上的皺紋，愈來愈深烙！

他為了賺更多的錢，每天早出晚歸，工資到手，必買些補品，為母補身，剩餘的交老母處理，而老母，為了幫他討房媳婦，一針一線地逢了個小袋子，將他掙來的錢存進去，而補品，捨不得進補，全留給了他，她說：「阮這要死的人，多吃多浪費，年輕人來日方長，正在起步，身子不顧是不行的。」

他年輕力壯，老母身子卻是越來越虛弱，人老了，越是抱孫心切，有了一點積蓄，希望他快些娶妻生子，他應允。

四

收工後，路過溪畔，舊時的光采仍存在，他停下來歇了歇腳，時間尚早，即坐在清澈光滑的石頭上，手不停地搓著石身，亦不停地彎下身子，讓手指浸在水裡，藉著溪水的沖流，手指在水中滿足地打出圈圈的漣漪。

想到家中的老母，收拾起玩興，欲歸，一對圓滾滾的大眼珠盯著他瞧，他慌忙，狀態和舉止顯現出來。

邂逅，懷著意外的驚喜，而她，寫在臉上的卻是無所謂的表情，只是眼巴巴的望著他。

擦身而過時，他的心跳加速，她表現得格外鎮靜，他側頭看著這位漂亮寶貝，確實讚！她故作嘔心，可是，他不善於辭令，只是停在原處，怯懦地面對著她，卻不知要開口說些什麼？最後，她以冷漠的表情來逃避他的目光。

五

他因她沖昏腦子，日思夜想，做事亦提不起勁兒，老母勸他青春切莫浪費，娶妻是一回事兒，但工作亦要認真。

她進了門，老母勸他倆，趁著年輕，多多打拼，他愛理不理，像變個人似的，他的妻子也討厭這位年邁的婆婆，這座古宅，昔日多少歡愉，如今只剩一縷縷的懷念。

他向老母要走了全部的積蓄，年輕夫婦自組家庭，置老人於不顧，老母悲傷枉費心，氣憤的說：「舉頭三尺有神明，人要做一些道德，不要失德，汝倆一天到晚吊兒郎當，抓龜走鱉，一點也不將阮這個老奴才看在眼裡，沒良心！」

「妳有妳的想法，我有我的看法，反正妳再活也沒多久，要死就趁早，免得慢慢拖磨。」說完，狠狠地拍著桌子，又丟下一句狠話：「會吃不會動，少動歪腦筋，休想我們養妳。」

他的一番話，老人聽後，厭惡而痛心到極點，掩面哭泣，「早知今天你會不孝，小時候就抓你送人，讓人去教訓，今日也不用怨嘆！你長大，翅膀硬了，會飛會跳，聽某話，嫌我這老的沒用處，阮也不敢望你來有孝，來養阮，傷心目屎滴，都是阮的命。」

「嘮嘮叨叨！」他惱恨。

「你……你這死囝仔，驚某驚到驚雷公，對待老母沒度量，你二人會報應！」

「有啥好怕的，迷信！」

六

夫婦過著自己的生活，老婦人的起居全靠鄰人接濟，儘管如此，心中總是孤單寂寞。

老婦人感到命運的無奈，盡全力，卻無法挽住兒媳的心，無盡的淚水常充滿眼眸，而生命竟也如此，脆弱得不堪一擊，她感受到死亡的恐怖，常常睡到三更半夜，肌膚透涼，一陣陣強風襲來，床前黑影閃動，排排地朝她招手，睜眼醒來，全身冒著冷汗，可怕的狀態，引來驚惶，害怕的心，恆久地侵蝕著她！

她將夜夜驚醒之事，告訴兒媳，他倆毫無反應，她要求兒媳陪她共宿，未獲首肯。

每晚，她還是做著同樣的夢，奇怪的是，這些慇勤揮手的影像漸行漸遠，她的精神亦莫名的好了起來！有陽光的日子，她會搬張小板凳，背脊靠著牆壁，擔心陽光刺眼，低頭曬著太陽，偶爾與鄰居聊聊天，逗逗小孩，她似乎很快活的樣子，鄰居們慶幸她的好轉。

這樣的日子，終究維持不了多久，她的臉愈來愈塌陷，兩眼愈來愈無神！

她為自己稍微梳洗，換了衣裳，上床就寢，很快的，進了夢鄉！

闊別已久的丈夫，輕輕地喚著她，之後，牽著她的手，一步一步的往前走，過了一座橋，她看到了久別的家人，他們穿著長袍，親切地朝她招手，她與他們的距離，越來越接近，他們將他帶進一間布置樸素典雅的屋子。

就這樣，她安詳地走了！

八

左鄰右舍不見老婦人的蹤跡，推門入屋察看，赫然發現她已氣絕多時，向警方報了案，法醫驗屍結果，無他殺嫌疑。

夫婦得知消息，歸來，久久不敢入屋，鄰人一再催促，他倆硬著頭皮，畏首畏尾地進屋，指責聲由四面八方湧來，不孝的舉止，為人所唾罵。

匍匐前進，哀痛欲絕，恍然大悟卻為時已晚，悔不當初，欲侍親，親不待，這一切，都是他倆造成。

九

料理完後事，他為自己的忤逆不孝而耿耿於懷，時常噩夢連連，為此事，夫妻產生裂痕，爭吵不休，「都是妳，在老屋過得好好的，偏要搬出去，讓老人家忍飢耐寒。」

「你還好意思說，她是你母親哩，自己不照顧還怪我，憑什麼叫我跟一個骯髒老太婆住在一起！」她憤憤不平。

他忍無可忍地摑了她一巴掌，「妳給我住嘴，不要以為妳年輕，待妳老的時候，也好不到哪裡去，說不定更糟。」

「你如果真那麼孝順，她也不會那麼早就去見祖宗！」

「妳……氣死我了！」

「氣死最好，是你罪有應得，反正早死早超生，早投胎轉世！」

「臭女人，妳竟敢詛咒我？」

「當初，你不也這樣說你母親？」

「怪我耳根子軟，聽了妳的鬼話，現在如過街老鼠，人人喊打！」

「這只是短暫，等風聲過了，我們依舊大搖大擺！」

「妳真是不可理喻！」

十

他倆由吵架而冷戰，彼此不言語，他難得有機會讓耳朵清靜！

重踏故地，溪畔的石頭，仍然光滑清潔，坐在上面，他切切實實地反省與檢討，整個事情的來龍去脈，她有錯，然而，他也要負大部分的責任。

他想，悲劇已發生，家庭又面臨破碎的邊緣，老母絕不會喜歡這個樣子。慰老母在天之靈，只有重整家園，使這間老宅再洋溢著舊時的歡樂。

他打算回家後，主動找她溝通，夫妻恢復原來恩愛的畫面。

她夢見婆婆於夜半敲門來訪，有時推門而入，兩眼直視，她心虛地求饒，婆婆則不言不語。

他向她提起：「事情已經過去了，我們重修舊好，兩人共同來耕耘這一塊家園。」

「入了這個大門，我就沒盡到為人媳的責任與為人妻的義務，只要你不計前嫌，我願意和你共同灌溉，我們別再住外面了。」

破鏡重圓，兩人喜極而泣，她說：「以往的老屋覺得陰陰冷冷，現在的老屋卻有著說不出的親切感。」

她看著婆婆的遺像，忍不住地對著婆婆說：「媽，對不起！」

語畢，她似乎聽到婆婆的回話：「好媳婦，不怪妳！」

夫婦徹底地改頭換面，態度不再高傲，鄰人逐漸接納他倆！

偶爾，耳聞有年輕夫婦不孝之事，他倆即挺身而出，勸人勿重蹈覆轍，這樣的多積德，總算對良心有個交代。

從此，老屋再也沒有吵鬧聲，繼之而來的是一個接一個的嬰兒啼哭聲。

有時，當人們不經意地提起這樁悲慟事，驀然回首，夫婦倆低首飲泣！

輯二

烈嶼阿伯

過一江水的林天守，跨越金烈水道，亦步亦趨地抵達西洪！風飛沙，飛不走堅強的毅力；狂風雨，驅不去堅忍的鬥志！

一

島外島的烈嶼上林，濱海而居，三歲無父、十六歲無母的林天守，唯一的胞姊遠赴大陸謀生，卻音訊杳然。他一人，赤手空拳打天下，吃安脯糊、住破古厝、穿舊衣裳、腳下五趾見陽光，一根扁擔、兩只麻袋，大陸、烈嶼，來回穿梭，除了為目前的生活而忙碌，亦為往後的生計著想。

生性勤奮的林天守，不僅打零工，也拜師學會了炸油條、蔴花、寸棗、口酥、米香、蔴荖，花生糖，更學會了做椪粿、紅圓、紅龜粿等許許多多的小本事，尤其是清明節的薄餅皮，更是薄薄QQ的一張張，包起餡料絕不會破裂，讓人讚不絕口。

林天守的足跡，走遍烈嶼的每個角落，天未亮，矯健的身軀，挑起雜碎擔子，一點也不費力。大至拜拜的祭品、小至女人的胭脂、椪粉，為了貧窮的家境，只要有錢可賺，他從不怕麻煩、亦不怕吃苦！

「天守啊，看你成天為了生活，忙得不可開交，既要做生意，又要煮飯、洗衣，日子多難過，何不乾脆給人做兒子去，省得為自己添麻煩！」細腳婆經常半勸半譏諷他說。

「細腳婆，坦白告訴妳啦，人不怕窮、只怕志短，父母生給我們好手好腳，只要自己敢拚、敢做，肯努力，絕不會餓肚子的！」林天守始終相信，志氣和毅力勝過一切，他願意一步一腳印，腳踏實地，努力奮發，絕不必靠人吃飯、仰人鼻息。

「做人家的兒子，三餐既有飯吃，又不會在外面受到風吹雨打太陽曬。老實告訴你啦，不聽老人言，吃虧在眼前！」細腳婆說後，更直截了當地告訴他，「金城有一戶做生意的有錢人家，沒兒沒女的，想收養一個兒子來繼承他的家業和香火，如果你有意願的話，我來牽線、幫你做媒，你看怎樣？」

「我可沒有那個福份！」林天守反諷她說：「妳可以叫妳兒子去做人家的養子啊，既不必上山耕作，又不用下海鏟蚵；家中少一個人吃飯，又可以省掉一筆開銷，這可說是兩全其美、美事一樁呀！妳何樂而不為呢？」

細腳婆無言以對，從此再也不敢提起這件事。

二

生肖屬蛇，比實際年齡看來年輕的林天守，自小生長在這塊貧瘠的土地上，經歷「九三」、「八二三」、「六一七」等多次砲戰。在那閃炮火、躲防空洞，親眼目睹屋瓦紛飛、屋宇倒塌，人員與家畜傷亡哀嚎的情景，在那驚心動魄的歲月裡，身為保鄉衛國的民防隊員，更必須服從上級命令。除了參與民防訓練，還必須出公差、挖壕溝、抬屍體、搬石頭、建機場，甚至半夜還得起來巡邏，與正規部隊並無兩樣。唯一遺憾的是享受不到軍人吃公家、穿公家，還有薪餉可領的待遇。

皇天不負苦心人，林天守非但沒有給人做兒子，反而憑自己的勞力，儲存了一筆錢，不多久，終於憑媒妁之言，和素有「青歧一枝花」之稱的洪氏，結成連理。洪氏聰穎賢慧，嫁給了林天守後，勤儉持家，夫妻恩愛，一連孕育了八個兒女，鄉間多嘴的三姑六婆，取笑他們說：「自己都吃不飽、穿不暖了，還生那麼多！」

「大人少吃一口，孩子就有飯吃了；大件的衣服，裁成小件，一個穿過一個，日子照樣過！」洪氏非但沒有怨嘆，反而為自己辯白。

冷嘲熱諷，讓人最感難受，但粗布做成的衣裳，也很暖和，洪氏從未嫌過！

林天守挑著雜碎擔子四處販賣，純粹是為了家計和生活，手掌磨出了厚厚的一層繭，腳上常穿的是一雙「中國強」的舊球鞋。他唯一的嗜好是吸菸，經常可見他的嘴角銜著一支廉價的「新樂園」香菸，口袋不缺「自由之火」的火柴盒。在閒暇之餘，他也投入「宋江陣」活動，練就一身好體力，從不知生病為何味？「李府將軍廟」，是村人心靈寄託與信仰的所在，每逢慶典或廟會，他必放下手邊工作，全力以赴。從準備敬拜神明的「三牲」與「五牲」，從搬桌椅到抬神轎，幾乎樣樣來。而「林氏宗祠」內的大小事務，更是熱心參與、從不缺席；無論出錢出力，亦未輸人！也因此而博得村人分外的尊崇。

三

民國六十四年，金門縣政府有鑑於東北面的西洪地區，有部分土地乏人耕作，未能達到地盡其用之目的，決定辦理公地放領，鼓勵縣民申請墾荒。當林天守知道這個消息後，眼看膝下兒女逐漸長大，古厝內的兩間臥房，已容不下，靠著打零工賣雜碎亦非長久之計。於是他擲杯請示了李府將軍爺：「將軍爺祖，弟子林天守，為了往後的生計與孩子們的前途，決定到大金門墾荒。惟此去路遙遙，不知是否有當？叩請將軍爺祖明示。」

林天守終於獲得將軍爺祖賜予連三聖杯，簡直讓他喜出望外，於是他精神一振，趕緊向政府提出申請，並很快地就獲得准許。當他攜著簡單的行囊，邁開步伐，帶著兒子們，搭乘金烈交通船，抵達大金門的西洪地區時，這塊被喻為鳥不生蛋的地方，風飛沙，飛進了嘴巴，也朦朧了雙眼；林木野草遍布，走了進去，總是在裡頭繞了許久，才找到出口處；崎嶇的山路，常被摔得鼻青臉腫！

同來墾荒的阿豬兄，勸林天守說：「我們來自大金門，萬一墾荒失敗，回家容易；你來自一海之隔的烈嶼，萬一一事無成，再回去故鄉，勢必臉上無光。不如趁早死了這條心，回家繼續賣雜碎、打零工算了！」

「一枝草、一點露，我們既然來了，就沒打算回去！」林天守語氣堅定地說。

「你看，你那些孩子，雖然個個長得清秀，但尚不及鋤頭高，怎麼能做這種粗重的工作？他們鋸得動樹幹、搬得動石頭嗎？這裡是個沒人出入的荒郊野地，萬一累死在這裡，也沒人會理睬的！」阿豬兄依然潑他的冷水，勸他回頭。

「阿豬兄，謝謝你的提醒。不過我始終認為，力氣大一點的做粗重一點的，力氣小的做輕一點的，俗話說人多好種田，孩子總有長大的一天。他們雖然小，只要多磨練，力氣會越來越大的。」林天守雖然有孤鳥插人群之感，但還是努力地調適自己。

初來時，林天守父子，在西洪一株巨大榕樹下的草坪上，睡了三夜，忍受著蟲噬蚊子叮咬的苦楚。白天，他們搬空心磚，層層疊疊排列，採砂石，攪拌著水泥，父子同心協力，終於搭建成一所能遮風避雨的工寮，不必白天太陽照身影、晚上月亮映人影，休憩與睡覺的地方總算有了著落。工寮雖小，也略顯擁擠，但他們的向心力卻更勝一籌，父子喜悅的形色也溢於言表。

當父子在工寮內「土油燈仔」的光影下圍坐，的確倍感溫馨。風大的時候，燈火容易熄滅，於是他們又添購了煤油燈，但為了節省煤油起見，只要就寢，立刻熄滅。

他們又在工寮旁邊，築起了一座克難式的爐灶，但附近只有一口供澆菜洗衣用的水塘，飲用水必須到鄰近的村落或軍營去擔挑汲取。為了飲用、洗滌和灌溉的方便，必須有自己的水井，但鑿井工人則難找，父子只好先行鑿了一個小水池。然而，飲水、洗滌要水、灌溉要水，小小的池塘已不夠用。經過一段時間的尋覓，終於找到鑿井工人，於是他們連挖三口井，每口十三圈；鑿成後，泉水快速地湧出，林天守暗自地慶幸，往後不愁沒水可用。然而，當裝上抽水馬達後，從藍色水管流出來的竟是土黃色的液體，孩子們也為這汙濁的水質發愁。

「阿爸，這種水怎麼能用？」大兒子愁眉苦臉地說。

「只要有水源就好，水質可以慢慢來改善。」林天守老神在在地告訴孩子說：「我們可以先放一些海蚵殼下去過濾，過幾天後，井水自然就清澈！」

鑿井的工人直誇：「烈嶼阿伯除了做事有菱有角外，也是鑿井的行家啊！」

另一人則說：「想賺烈嶼阿伯的錢，除了要合他的意外，還不能馬虎，這是他一向的堅持！」

工人說得雖然不錯，但林天守向來付錢乾脆，只要符合他的要求，工程完畢，馬上付現，從不賒欠，不會讓人走第二趟路。漸漸地，西洪的烈嶼阿伯，他的行事風格與為人處世，幾乎無人不曉！

人不僅要吃飯，也要拉屎。林天守和兒子們，在工寮的不遠處，挖了一個大坑洞，坑上橫放著二根粗大的樹幹，周圍用樹枝和高粱稈圍住，做了一個簡易的廁所，無論大便、小解，都在那兒解決，糞便還可以做肥料。同在這裡墾荒的鄉親，無不肯定這位烈嶼阿伯的智慧。

四

西洪，前不著村、後不著店，地廣人煙稀，一公頃半的土地，遼闊曠遠。林天守夥同孩子們首先要做的是改良土質。因為這裡的「鐵屎土」太硬，農作物不易生長，必須用鋤頭耙、用圓鍬鏟，一畚箕、一畚箕地把它移開，然後到附近的小山丘，挑來紅赤土混合地裡原有的沙土，經過土質改良後，方可種植。

只見孩子們把畚箕放在地上，用力地耙又鏟，一次又一次、一回又一回，將它們倒入手推車，然後問：「阿爸，這些土要倒在哪裡？」

「倒在後山，疊得越高越好！」林天守斷然地說，而後笑笑，「依照古時候的地理師說，房子後面要有山勢，往後才有依靠。」

父子們一起鏟、一起耙，挑起了一擔擔，推走了一車又一車，雙手起繭，汗流浹背，黝黑的皮膚也因暴露在陽光下，而脫了一層皮。

幾株粗大的林木，盤據在土地上，必須一棵棵把它移除。父子費了許多時日，人手一把鋸子，從右邊鋸到中間，再由左邊銜接，復用粗繩繫住樹幹，打了結，觀齒痕及樹枝傾倒的方向，父子們同心協力，口中喊著：「一、二、三——拉」，樹將倒時，立即閃開。深入地下的樹根，必須連根拔除好栽種，於是他們用十字鎬挖、用鋸子鋸、用斧頭砍，幾天下來，雙手不是破皮就是割傷，為了往後的日子，為了開墾這片荒地，流血與流汗，是稀鬆平常的事，而父子卻絲毫沒有半句怨言，這是否就是古人所說的：「歡喜做，甘願受！」

大樹鋸斷後，樹的年輪也一一呈現在他們父子的眼簾，林天守靈機一動，用大鋸子把它鋸成圓圓的一塊塊，曬乾後，便是一塊實用的砧板。除了留幾塊自己用外，剩餘的，他囑咐孩子拿到市場販賣，賺來的錢好貼補家用。

民國六十六年，林天守用歷年來的儲蓄，新建了一棟鋼筋水泥的牢固平房，並把留在烈嶼家鄉的妻女接來同住，一家大小，終於在西洪這個純樸的村落團圓！烈嶼阿伯的奮鬥史，也同時在金門的每一個角落傳開。

五

烈嶼的檳榔芋頭遠近馳名，已是眾所皆知的事。林天守有一次返鄉，攜回了數十株芋頭苗，也發了一個「我要把烈嶼的芋頭，帶到大金門栽種」的心願。但因西洪那片新墾的田地養分不夠，起初並沒有種植成功。幾經研究改良的結果，終於讓他栽培出一顆又大又圓，不遜於原產地的大芋頭。其他的農作物與果樹，經過農牧單位相繼地派專業人員來指導，也有了成果。只見穗穗的高粱，迎風搖曳，粒粒飽滿的玉米，口齒留香！馬鈴薯、香蕉、龍眼、枇杷、柑橘……，四季作物與水果，也有了收穫。讓輔導單位也與有榮焉，「烈嶼阿伯，真有法度！」的讚美聲不絕於耳。

同年，烈嶼阿伯當選模範農民，接受全國表揚，他也是金門地區首位墾荒成功的典範。戰地司令官、秘書長、縣長聞訊後也一一到訪，除了肯定他墾荒成功的精神外，並囑咐相關單位，要繼續給予輔導和協助。林天守雖然笑得合不攏嘴，但只淡淡地告訴同來採訪的記者說：「只要願意打拼，就會有收穫！其他的，沒什麼啦！」

六

林天守一家，朝夕與山林為伍，在這塊寧謐溫馨的土地上，頭頂藍天、足踩綠草，享受著大地賦予的自然情調。荒煙漫漫的西洪，無數日子的耕耘，終於孕育出美麗的風光。頭戴斗笠、牽牛荷犁，來回於田埂間，壯闊的美麗盛宴，令他神往！

五個兒子已成家立業，三個女兒嫁了兩位，差一點就功德圓滿！然而，在六十七歲那年，終因操勞過度，身體每下愈況，又罹患食道癌，住進了榮總，切掉數公分的食道，靠近心臟的位置，則拉胃銜接，身上插滿了管子，軀骨瘦削，蒼白的臉色，伴隨著微弱的呼吸聲，滴米未進，勉強灌進流質的東西，維持著奄奄一息的性命！

人，就是這般脆弱，身強體壯的男兒漢，一旦病魔纏身，恐懼何時休？癌細胞的擴散，多次的化療，垂危之軀，再專精的醫術和藥品，也挽救不了他逐漸被病魔吞噬的生命。林天守知道自己不行了，在他的病床上留下遺言：「夫妻不睦奸人乘，兄弟不和外人欺！千萬不可自搬磚頭自砸腳，讓人看笑話！夫妻相扶持、兄弟要和睦，在西洪這塊土地，和諧過日子！」

手術後半年，六十八歲的林天守，抵擋不住病魔的摧殘，於農曆二月初九日往生。在水床前，妻兒孫媳圍繞哭喊，輕輕呼喚，卻喚不回一個在這塊土地，默默耕耘、創業有成，令人尊崇與懷念的烈嶼阿伯！

喘息聲忽高忽低，他全身無力地躺在大廳龍邊處的一個角落，斷了最後一口氣，四塊木板，迅速抽掉一塊，他的身上，裡外共穿十一層壽衣，金黃色的蓮花被則覆蓋於身！

人生百歲，終須一別！萬古流芳的林天守，走過了多少的坎坷歲月，該是含飴弄孫的時候，而遺憾的是尚未享福，就已入土！

過一江水的林天守，跨越金烈水道，亦步亦趨地抵達西洪！風飛沙，飛不走堅強的毅力；狂風雨，驅不去堅忍的鬥志！

林天守的一生，與西洪為伍，化荒漠成綠野；西洪，更是他後半輩子墾荒的所在，佇立西洪，亦走於西洪！

聲聲低吟那首墾荒之歌：「我們過一江水，有路無厝，佛爭一炷香，人爭一口氣，只許成功，不許失敗，失敗了，沒顏面回頭！」

抬頭仰望，烈嶼阿伯林天守，正翱翔於西洪輕柔與浪漫的雲端……。

浯島撿拾錄

一、追車的人

某日，一家六口坐在車上，由金城民生路轉往環島北路，就從紅綠燈開始，後面尾隨一部機車，那位不太修邊幅的男騎士，一手握車把，另一手則用力地跟我們揮手，因為不認識，也因為他的長相，還有他身上的穿著，路上又無行人，我們加足了油門，奮力往前衝，他也加足馬力在後面追趕！

不一會兒，他超了我們的車，用肉身擋住我們的去路，我們只好停車，心裡毛毛地搖下了車窗，問他：「請問，有事嗎？」

他喘了口氣：「小姐，我從縣政府前面一路追，拼命的跟妳揮手，妳都不理我啊？」

「先生，你是不是認錯人了？我有看到你在揮手，因為不認識，所以沒理你。」我跟他解釋。

「你們這樣開車太危險了！」他說著。

「謝謝指正，以後會注意！」孩子的爹開車，一如他那慢郎中的個性，要不是他使勁的在後面追，路上又沒人，才不會這樣哩！

正當心裡還在犯嘀咕的同時，他指了指右後方的輪胎：「你們的車子爆胎了，裡面有這麼多小孩，這樣子很危險，前面有一家修車廠，趕快去把輪胎換掉！」

我恍然大悟，原來，他發現我們爆胎，才會一路追趕，甚至，以肉身擋車，我竟因他的外形，誤會了他，以為他是來找碴！什麼時候，我成了「外貌協會」的一員，這樣以貌取人！

我的臉一陣熱，對自己的無知，跟他道歉！

如果沒有他的及時出現，以我們的車況，上下坡，如身處險境！

「好看」之人，不一定有好心腸！

「難看」之人，不一定有壞心腸！

接受完良心的譴責，猛一回神，他的車子已騎遠，竟忘了詢問名和姓，家居何處？

二、悼狗兒

清早風瑟瑟，先生駛著轎車載女兒，車身過，後輪輾到狗！

寂靜的鄉村，人兒擁被入夢尚未醒，除雞啼與狗吠！

轉彎處，常見雞兒啄食狗兒跳，悠閒自在樂陶陶！然今日，黑狗魂飛，葬身車輪！主人自責沒拴好，親睹車已駛過，狗兒突地奔馳而至，嘆緣已盡！

接獲消息，基於道德觀，我拿起畚斗、掃把與垃圾袋，欲善後，並以紅包袋裝了兩千塊，另外再帶個禮盒，慰問狗主人！

抵達現場，潔淨一片，死貓吊樹頭、死狗放水流，主人帶著悲悽的心情已善後，雖是狗兒自找死，但生命無價，夫妻倆，打躬作揖賠不是！

主人明理不怪罪，謝絕慰助，並要我們別擱心上，思及畜牲亦是命，心中耿耿於懷難入眠！

先生第一時間下車察看，我第二時間飛奔而至，狗主人感動，但亦為自己飼養家畜未拴緊自責，我們兩家人，安慰著彼此，因互相尊重與關懷，不但沒心結，反拉近了距離！

三、熱心

某賣場的會員招待會正如火如荼地展開，除會員來店禮，尚有每日一物的特賣品，如果不是很需要，都會等到「招待會」的時候再購買，俗擱大碗，而且賣場有規定，「還原金」此時才能使用。

抵達會場，人潮不斷，一位鄰居買了一台電子鍋，價格九九九，好康相報，家裡的那一台，幾近壽終正寢，此時不買待何時？

眼看就要售完，那位已升格「婆婆」的鄰居，思及兒媳婦，有兩張卡的她，想再買一台，但機車不能載，好婆婆呀！當妳的媳婦真福氣。猶豫了一下，鼓勵她買，言明幫她載。

傍晚，她來了！兩台電子鍋，告知有一台既沒說明書，也沒飯匙，我先是打開家中的那一台，取出說明書，告訴她如何使用，再表示要陪她走一趟賣場，依規定，七日內不滿意可退貨，那東西是我們載回來的呀！「會歹勢呀！」

又碰到一個明理的人，她說只要能煮就好，飯匙她家有，我們幫忙載，她已經很感恩！越是懂事理，我越要幫，儘管今年運勢不佳，不能多管閒事，但始終抱持對的就去做的我，立刻撥了通電話給賣場，訴之原因，賣場允諾換新或退貨，對這位鄰居有了交代，鬆了一口氣！

熱心，猶如抓一條蟲在身上，抱著做善事的心態，我不後悔！

四、蛋破了

國民小學兒童閱讀推動計畫，凡閱讀十五本課外讀物，即能獲得「奇蹟神祕蛋」的獎勵，孩子們興高采烈地閱讀，希望早日得到「小超人扭蛋」！

皇天不負苦心人，終於達成了願望，頒獎的那一霎那，小朋友開心至極，迫不及待地轉開扭蛋，期望小超人的誕（蛋）生，亦能快快成為知識的超人，並提高閱讀的戰鬥力！

當打開的瞬間，孩子愣住了！那顆「神祕蛋」，尚未誕生，便已胎死腹中，幾位小朋友，臉上流露的是失望的神情，看「超人」魂飛魄散、肢體殘缺的模樣，有著幾分不捨！

閱讀三十本，領了一台「小超人酷銀收音機」，打開圓盒，肢離破碎的景象，又是一個失望！

閱讀完四十五本，一只「小超人時空手錶」，他們不再開啟，詢問原因，原來是怕另一個失望！

五、向神明借錢

元宵節，除了吃湯圓、賞花燈，晚間的重頭戲，便是各廟宇的「乞龜」及「借錢」！

傍晚，眾家戶擺香案桌於門口，香煙裊裊，當王爺出巡時，鞭炮聲響徹雲霄，小朋友們手提燈籠，在大人的帶領下，繞村一周，當抵達「孚濟廟」後，熱騰騰的湯圓，有甜有鹹，村人大快朵頤，他們或坐或站，將「孚濟廟」前的廣場，擠得熱鬧非凡！

食罷，廟內的「乞龜」，吸引眾人的腳步，紛紛往內移，用麵粉做成的烏龜，象徵長壽、綿延，拈香向神明道明來意，擲杯請示，「聖杯」表示神明應允，即可放心攜回，明年加倍奉還，而近年來，為了方便，連本帶利，一次付清！

壓軸好戲則是——向神明借錢，一萬的年息三百元，今年元宵夜借，明年此時還，不是每個善男信女都借得到；一萬、兩萬、三萬，均有之，人人有希望，各個沒把握，一較高低的結果，由「聖杯」最多者獲得，剛開始，有些人還會不好意思，隨著「賭神」的出現，嗨到最高點，紛紛使出看家本領！全家人第一次參與，倍覺新鮮，在鄰居的慫恿下，夫妻倆人亦跟著試手氣，幾回合下來，一毛錢也借不到，靈機一動，四個小孩，前三個正在求學，他們需要經費呀，也是第一次上戰場的他（她）們，擲那個不知道什麼「杯」，亂丟的結果，分別借到一萬、兩萬和三萬，據說拿這筆錢去讀書，功課會突飛猛進耶！

神明也真幽默，不借大人，借小孩，那筆錢，明年也是大人還呀！

下坑撿拾錄

一、遇見「台灣阿甘」

「台灣阿甘」林明德於五月底至六月初，環保行腳來到了金門，落腳於下坑的民宿，《金門日報》追蹤報導好些天，忠實讀者的我，不知在忙什麼？就剛好那些天沒看報！

六月三日，用過午餐後，帶著孩子到社區活動中心閱覽。突然，由民宿的小巷道，慢慢走進一個高個兒，身上穿著厚厚的衣裳，甫進活動中心，嘴中自語：「好熱唷！」隨即坐了下來，順勢拉開了兩膝蓋的拉鍊，露出一小截黃土色的肌膚！

我瞄了他一眼，在心中暗笑：「大熱天，穿野戰服呀？這麼厚，熱死你！」

他看了我一下，又將眼光投向辦公室裡的理事長，他倆打了招呼後，理事長跟他介紹了社區的種種，抬頭一看，公布欄的「新書介紹」，作者就在現場！

他告訴我，他的「環保風」刮到金門了，叫我猜猜他是誰？隨即由身上取出《金門日報》，剛好這幾天沒看報紙，接手瞧瞧，看了內容、沒看照片，我問他：「你是慈濟志工？」

「不是！」他回答。

「你是團體……？」

「我是個人！」

除了「台灣阿甘」沒問之外，報上登的單位，有懷疑的地方，我都問了，沒一次答對！

他遞來了一張名片——「台灣阿甘的店」，負責人林明德！

「哇！」真該死，名人出現在我面前，有眼無珠，剛才我還一付不理人的樣子，「原來，你就是台灣阿甘！」

「不然，你以為我是誰？」他問。

「我以為你是觀光客。你就拿一張報紙給我看，也不說清楚，我聽說過台灣阿甘，但沒見過本人，還有，你剛才進來的時候，應該自我介紹……。」我好像在怪人家吔！

「這幾天，《金門日報》都有登！」他說明。

「啊，這幾天，我剛好沒看報！」有點不好意思，如果有閱報，今天遇到他，話題就不少。

隔著茶几，他訴說著：「我曾寫過一本書，想找出版社，但出版社不幫我出，我自己出、自己賣，賣了一萬多本，賺了一百多萬！」接著，他提出邀約：「我口述、妳撰稿，我們合作出版，來寫一本台灣阿甘的故事。」

一百多萬哩！好好賺！無論是五五分、還是三七分，我都不吃虧，但是，別怪我以小人之心度君子之腹，這麼好康，他會寫、會講，為什麼不自己賺？他又不認識我，第一次見面，就讓我挑大樑？「你……曾經出版過，為什麼……？」

「以前年輕，現在年紀大了……。」

他這樣說，也對哦，年紀大了，體力就差！只是，掂掂斤兩，慎重考慮後，短篇口述，我寫過，冗長的一本書，要一氣呵成，談何容易？而且，他又是名人，如果用錯詞、寫錯字，對不起人家呀！只好眼睜睜地讓白花花的銀子給飛了！

他想看我的書，社區裡的剛好被借走，我這邊也沒有，想了一下，就跟兒子借了那本我親筆簽名、百年之後將成為名著的，拿來給他過目，他翻開後：「這是妳親筆簽名給小孩的，我不好意思帶回去。」

「這……借你過目，看好後，要拿回去還我兒子。」這是什麼待客之道呀？不過，靈機一動，方才翻閱了今天的報紙，又報導了阿甘的環保行腳風，為盡地主之誼，跟理事長報告後，特將社區的那份先送給他，這《金門日報》的影像及報導，可是無價之寶吔！回頭，拿家裡的放回社區，供居民閱讀。

下午還有行程的他，就此道別！臨走前：「妳寫的不錯，可以多寫一些，有空來台灣玩！」

「也歡迎你，常來金門！」為金門做公關，表示歡迎之意。

望著他離去的背影，沒偏財運的我，已將到家門口的鈔票往外推，跟自己說好了，飛走的優渥利潤，不能難過喲！

從今以後，不管多忙，我要每天努力的「讀報紙」，不然哪天，又有名人出現在面前，我又亂掰，那可是會「屑面子」的唷！

二、鄉下女人進城

水澤校長來電，鼓勵我多閱讀，他說：「寫作就像女人生小孩，每生完一胎，就要補充營養，把月子做好，再孕育下一胎，才會有足夠的養分。」

校長告訴我，咱們的父母官，對我的新書，關懷幾許！

立刻打了一通電話到縣長室，接電話的先生告知，縣長正在縣議會。

電話中道來意，傳訊息，我問他：「縣長室可以自由出入嗎？要不要什麼證件？比如通行證之類的……。」

「我們縣長室通行無阻！」他回答。

「整世人」也沒進過縣長室，停留在腦海的印象，古時候的小老百姓要見縣太爺，談何容易？幾年前，去總統府參觀，亦是經過重重關卡，既要查驗身分，又要搜身，有夠麻煩！原來，金門縣政府，人車可以自由進出，少女時代，住在深山幽谷，與山林為伍；結婚之後，關在家裡，養兒育女，每天當黃臉婆，與社會脫了節，還以為見縣太爺，要寫狀子，還要半路攔轎喊冤呢！

停留在舊時代的腦袋瓜，該裝填一些新資訊了！

三、慎終追遠

旅居馬來西亞的一位孝子孝孫，返鄉尋根！

這一代的年輕人，民情風俗不太明瞭，「活字典」金盛先生的到來，半小時的暢談，獲益匪淺！

一探「神主牌」，明瞭祖先有幾代？每個人的思考模式不同，有人願意開啟，有人擔憂受災！

「活字典」解答，除「冬至日」，尚可翻「通書」、看日子！

有某有子稱「顯考」，孤家寡人為「故考」！

長子過世，其子「承重孫」，二子、三子……不算數，除非過繼給長子！

夫妻共刻的「神主牌」，一人先走，另一名字須用紅布遮蓋，待他日入土為安，方能取下。訃聞，子雖死，仍須記錄其中！

一尊尊的「神主牌」，有個變通的方式，看日子，取下做「總牌」，後代子孫好祭拜！

尋根的年輕人，他們那兒的風俗更簡便，鏡框裡，紅紙記載，有如本島「地基祖」之神位，簡單扼要，抬頭一看，忌日顯現，不必翻！他更期望旅居在外的年輕人，「冬至」時刻，撥冗返鄉，盡孝道、積功德，懷抱慎終追遠了心願！

書文同學手握紙筆，用心發問、努力做功課，從祖先排列方式，到祭拜儀式，專心做筆記。

他主張，整齊劃一的排列、永久的保存，不會紊亂，又能留給後代子孫清晰可見的影像！而那各式各樣、不同材質的「木製品」，歷史悠久，有的簡易書寫、有的雕刻精緻，均有不同的時代意義！

回首外流的人潮，聚會時光少之又少！

親情的力量，深深呼喚；宗族的聚首，滿室溫渥！

四、成功的一天

「成功的一天」活動攝影比賽，透過鏡頭來捕捉嶄新校舍與師生動態之美和正義里的新舊建築、山光水色、民風文化之態，藉由攝影者的意境，呈現優質的文化藝術精華。

這是個難得的機會，有指導老師授課，教導攝影技巧，開了家庭會議後，全數通過，參與學習！

六月十日一早，七點準時報到，校園裡，除警衛，空無一人，抬頭仰望，紛飛的細雨輕飄飄地灑落，只有兩隻鳥雀低空飛過！

一味守承諾，應允了，即風雨無阻的我，不懂「觀天象」！

苦候許久，一通電話，問明原委，原來活動延後，掃興而返，很遺憾！

已跟孩子說好，全家出門，學攝影技巧又踏青，在這風低吟、雨飄落，人人手中一把傘，傘下的人兒，那股朦朧之美，該是多麼的詩意！

孩子帶回訊息，校長在朝會時刻，致上歉意！
我告訴孩子們，拜師學藝總要經過一些荊棘路，今天學不成，明天再來！

五、粽葉飄香

端午佳節粽葉香，手忙腳亂技藝現！
端午節前夕，社區福利又一樁，家家戶戶，統計人數，數人頭，每人五顆粽子過端午！
由餐飲界的師傅掌廚，糯米炒配料，搭配滷肉香，社區總動員，鍋碗瓢盆叮叮噹！
我們這些婆婆媽媽，切香菇、洗粽葉……，妳來我往話家常！
男人壯，提重物，費力量，他們在行！
女人嬌，細線條，剁與切，靈巧思考！
當顆顆粽子呈現，粒粒晶瑩飽滿，口齒留香！
活動中心熱鬧非凡，男女老少齊聚一堂，相機藏倩影，難得的景象留紀念！
（後記：輕彈淺唱的六月，撿拾下坑幾許！）

書懷

新書出爐，懷抱著如生子般的喜悅，連作夢也會笑！

首日，家興兄遞來蛋糕：「慶祝妳新書問世，為妳慶生！」隔日，他來訪，見到我的第一句話：「妳的這本書，主觀意識太強烈，寫自己或寫別人，都太單刀直入……。」

多愁善感的我，一陣感觸，紅了眼眶，他急忙：「我話還沒說完，妳的眼睛有沙子飛進去呀？我要說的是，妳真是個堅強的小女人，話也不聽清楚……。」

還以為蛋糕吃到鼻子，在贈書給文友時，寫上「請指正」的字樣，人家正要「指正」，我就「哭賴乎伊」，這一來，不知道還有誰敢「指正」，恐怕「連鬼都驚？」

大作家長慶兄，幫我寫序的時候，第一次在他的電腦裡閱讀，看他下筆，針針見血，寫到我的心坎裡，感動之情溢於言表，當收到出版社的作者贈書時，立刻送到他的書局，他形容我此時的心情，猶如初次得子的喜悅，又被他說中了！這位文壇「老前輩」，我的嘴巴一張開，他就知道我的喉嚨有多深，什麼事都瞞不了他！

怡種兄問我要不要辦個「新書發表會」，憑良心講，很想辦，但沒勇氣，這是我的「第一次」，真的很緊張，連說話都結結巴巴，就算了吧！給自己三年的時間準備第二本，那個時候如果有勇氣，就再圓個「發表夢」！

當年投稿，副刊主編博文先生，拉了我一把，副刊刮起了「寒玉熱」，難忘他的提挈之恩，今日有一點小小的成就，他功不可沒！而剪貼簿，有一點泛黃的勵志信，博文親筆書寫：「妳在一月份見報的幾篇大作，如山居二帖、竹及其他，文筆較過去顯見練達、順暢，且深具感性。一篇好的文章，透過理性的思維，運筆表達時，感性、知性都是不可缺的，妳多年的自我努力，可謂並沒有白費……。」多年不見，再次相遇，已升格一社之長，他如當年般，殷殷關懷，本篇作品完成時，他已換了跑道，為他獻上一份祝福！另外，許許多多不知名的主編群，感謝您們！而電腦組，遇上我這個喜歡寫長，又電腦不靈光的作者，很辛苦地幫我打字，手一定很痠哦？

在副刊大篇幅為我而寫——文緣，那位文友，曾被他的才華所吸引，文情並茂的新詩所感動，交往之前，先觀察地形的我，走了一趟他家，尋訪未遇，古厝外面，來了熱心的阿嫂群，告訴我他家的秘辛，當場，嚇得落荒而逃！

十六年後，因贈書再次走了一趟他家，依舊尋訪未遇，見到了他的家人，一番閒談，當年的誤解，心情無法平復，再與他對照，揭開了十六年前的一場謊言，婦人騙了我，而我竟然未加求證，就掉頭離開，從此不理，原來誤會一場，雖已事過境遷，對他仍深感抱歉！

金門文藝的總編輯來電恭喜與邀稿，大腦未經思考的我，脫口而出：「稿子會不會很難登？」人家都來邀稿了，我還這樣問，好像有一點白癡？接著，他請我稿子完成後E給他，我更白癡了：「我除了會打字，什麼都不會！」「妳先生會不會？」「啊不知道哩！」電腦之事，只有我問他，沒有他問我。當天才遇上白癡，角色互換，我一定掛他電話，他居然不惱不火，熱心地推薦一位會電腦的文友幫我，為了不「莽撞撞」地麻煩人家，這回，我更妙了：「先生下班之後，我再問他，如果他不會，再叫他努力用功地學，一定叫他學會！」天哪，我在講什麼？自己投稿，居然要先生學電腦！當我突然間想到，應該自我介紹時，又會讓人留下深刻印象：「我先生叫蔡承坤，我是他太太！」思前想後，那條筋不對呀？不知道掛電話後，他有沒有大笑三聲？唯一能自圓其說的是，電話來時，人家剛從沙發睏醒呀！

要死也要拉個墊背的，話說我到古城國小，那個僻壤又清幽的學校，細雨朦朧的陪襯，校園顯得詩情畫意，到那兒找水澤校長、耀明主任，還有寶貝，三十年不見，半路跑出一個認親戚的，校長：「原來寒玉就是妳呀！」他很高興地招呼，又忙著泡茶，因為趕時間，茶留待以後喝。耀明主任帶合唱團出去了，書請校長轉交；那寶貝呢？在二樓圖書室，走到樓梯口，看到樓梯腿就痠！算了，還是請校長轉交！

寶貝談話結束後，比我更有趣的耀明主任來電話了：「看了妳的照片和名字，想一想，我們快三十年不見了！」

「老師呀，我們每年都見面哩，全縣國語文競賽，還有最近一次在文化局，我陪大兒子去領獎，你問我有沒有帶相機，還要幫我們照相，並且告訴我，當天下午有一場閩南語研習……。」我企圖拉回他的記憶。

「妳不是正義國小那個……那個……。」哪個呀？原來老師把我想成另外一個人了。我開始講三十年前的故事：「老師，您聽好了，我以前唸上林分校的時候，您教我們音樂和舞蹈，跳舞的時候，您總是牽著我的手，記不記得，還追過我姐姐，那段鐵馬戀情，我還幫您送過情書，這麼大的人情，都忘了？」

「哦，想起來了！妳女兒就是很會閩南語演說的那一位，有一次去參加河洛語講古，我擔任評審……。」終於想起來了，老師再想不起來，學生就要細數您的戀愛史了！

順德督學、水澤校長、耀明主任都是我的小學老師，順德督學偶爾路上相遇；水澤校長三十年不見；耀明主任則是年年戰場相見！

官拜上校的參謀長義誠兄：「作軍人的妻子，真的很不簡單，由妳的作品中，細細地品讀，體會了妳的苦，這彷彿在寫我妻子的故事一樣，如同身受，當年我服務馬祖，結婚的時候，十九天的假期，要回金門，一張假單，只差沒跪下來求人，結婚之後，四個月休假一次，把愛妻留在金門，兩地相思……。」

「你為什麼不把她帶在身邊，就近照顧，女人需要的是安全感！」軍人的妻子，最能體會彼此的心情。

「部隊調到台灣以後，有帶她過去，但很多事情，還是要她自己撐，尤其孩子生病了，我在部隊，她一個女人要帶這麼多個小孩，真的很累……。」他回憶軍中歲月，妻子所承受的苦楚。

「人的一生，對你最好和最壞的那個人，感恩與懷恨，都是記憶最深處！」我有感而發地說。

「我沒碰到幾個好長官！」他有所感慨。

「無論走到哪裡，緣是最重要的，如果無人緣，做死也沒人可憐！」走過數十個寒暑，感觸頗深。

慧明老師，知道我要出書了，第一時間就交代大女兒返家後跟我道恭喜；而麗寬老師，為了偷學她的簽名方式，我囑咐大女兒，傳口信給她：「我媽媽要送您一本書，不過，她要您先送她一本，記得簽名哦！」她立刻撥來電話，問我要何類的書籍？應允隔天給，果然，第二天晚自習後，大女兒的書包有點沉重，麗寬老師的一諾千金，一向也是信守承諾的我，很是欣賞！

翠賢老師閱畢，自費五本，提供給小朋友及家長們！大兒子返家後告訴我，老師問小朋友：「有誰要看其騰媽媽的《心情點播站》，小朋友都很捧場地舉手耶！」

五月十一日，學校舉辦「溫馨五月情，媽媽我愛您！」急診後，該回醫院複診的我，把孩子擺在第一順位，先至正義校園再說，唸一年級的兒子和唸三年級的女兒，很大方地上台，大喊：「媽媽，我愛您！」又獻康乃馨，大兒子更是深情的一吻，小兒子在張楓潔主任與黃香梅組長的引領下，第一次上台，很擔心他會因為找不到媽媽而大哭，出乎意料之外，初試啼聲的他，嘹亮悅耳的聲音，在活動中心迴盪，那今年九月份的上學，我就不用擔心了！五月十九日，咱家的小其曄，已攜帶戶口名簿，到學校找書姍老師辦理新生入學登記了！九月份，上班的上班，上學的上學，誰陪我啊？

楓潔主任大手牽小手、當她牽著兒子的手時，那幅「母子樂」，多溫馨呀！台籍的她，有位在湖小服務的的同學，告訴她，金門的好，她提著行囊，毅然決然的來到前線，二十九歲的她，有個交往五年的男友，相隔兩地，問她會不會惹相思？她的回應是：「喜歡這種距離的美感！」

正義國小尚有多位年輕漂亮的女老師，未婚哩！哎呀，經濟不景氣，我竟作起媒人來了！

節目結束後，二女兒走向我，手上又拿著一朵康乃馨：「媽媽，送給妳！」我很疑惑：「不是剛剛才送媽媽的嗎？怎麼又多出一朵？」

「老師說，敢再上台喊媽媽我愛妳的同學，再送一朵！」二女兒詩淳解釋著。

「妳什麼時候上台的？媽媽怎麼不知道？」我又疑惑。

「我在台上講兩次媽媽我愛妳，妳都沒聽到，都在跟記者叔叔講話。」二女兒嘟著嘴。

恍然大悟，做事專心的我，一心只能一用，「對不起，媽媽在接受記者叔叔的訪問，耳朵沒對人！」

講話像極了寫文章的張記者，很喜歡看他的四句聯，寫押韻的詞句很傷神，他怎能沒有白頭髮呢？挺嫉妒的！

各班回教室，親師互動，踏進一年級，那桌上，擺著我的書，家長翻閱著，我看到〈殘缺的歲月〉那位女主角，頻頻拭淚，她捧著書本，走出教室，在走廊的一角，那無人的地方，品讀與擦淚，我走近她：「怎麼了？」

「妳寫到我的心坎裡了，我要到書店買一本，送到醫院給我先生看，希望妳的鼓勵，能讓他堅強而勇敢！」她激動地拉著我的手。

「不要哭啦！」一時間，我也不知所措，在與大作家電話聯絡時，告訴他此時的情形。

「妳要安慰她呀！」大作家指點。

「我不會安慰人耶，啊我都叫她不要哭，啊她都一直哭！」我真的慌了。

回診的時間已到，拍拍她的肩膀，揮揮手，朝醫院婦科奔去，校園的溫馨畫面，停留在腦海；但很快地，心就往下沉，這次，被診斷「膀胱脫垂」，又是多產惹的禍！

二月八日，腎臟科醫師以電腦斷層攝影，幫我檢查了泌尿道系統，很欣喜沒有結石等問題；但三月底，發現小便有泡沫而回診，這回醫生告訴我：「妳應該做腎臟切片。」

「我記得你說過，不明原因，做了切片，原因還是不明，你也說，我只要追蹤就可以了。」我複述。

「那，我看看，你還有什麼沒檢查！」他的手移動著滑鼠，眼睛尋覓著電腦：「幫妳排一個泌尿道攝影。」

聽了大驚：「我在二月份不是才輻射了一千張X光，自費做了電腦斷層檢查，注射了一百ＣＣ顯影劑！」

「這回只要五十ＣＣ，做完這項檢查，就不要再叫妳做了。」他說著。

「之前的電腦斷層攝影，檢查的就是泌尿道呀！」我說。

「沒做呀！」他說著。

「有啊！我還回來看報告，你說泌尿系統都很好，攝影之處沒長東西呀，我有作記錄呀！」我將當時的情形再述一遍。

他看了看電腦：「這邊的報告，只寫到腎臟。」

「怎麼會這樣？」我很憤懣，只是，文人該有的涵養，忍了下來。

「這樣吧，我現在就幫妳開轉診單，轉去榮總作腎臟切片。」他說。

「你之前不是說不用嗎？」我發出疑問。

「其實，妳第一次來看診的時候，就應該切片了！」他說。

「那，第一次怎麼不說……。」我這隻白老鼠，還要、又還能被試驗多久呢？

腎臟切片，我不切了！

泌尿道攝影，我不攝了！

心情又跌落谷底！

最近，腰又痠痛得厲害，堅持不再當白老鼠，「病死」總比「整死」好吧！

隨著新書問世，有著幾分喜悅，圓了二十餘年來的美夢，但我有一個更大、更遠的夢，期望金門的醫療，能更上層樓，讓居住外島的每個人，能擁有很好的醫療品質，因為，「捧心捧肝」的日子不好過呀！

美珍，這位餐廳的老闆娘，一口氣訂購十本，分享親友，我跟她說：「賺錢很辛苦，買十本書，等於做一桌菜餚給客人！」

她的回覆是：「因為我是妳的忠實讀者！」賺錢不嫌多的她，最近到鎮公所登記攤位，名額有限，幸運抽中，祝她生意興隆，賺更多的錢，不久的將來，再購我的第二本書！

恆富公司的蔡董：「我捧場十本！」漂洋過海來金門，育有三女一男，均大學畢業，老大、老三當老師，老二日文翻譯，兒子尚在軍旅，到外島包工程，別忘了，注重施工品質，留給金門人好印象哦！

夏興社區發展協會的理事長，也指示總務，以社區經費購數本，置放活動中心，供居民閱讀。

也有些口頭捧場者，謝謝啦！

年財兄有一位柔性又感性的妻子，有一回她告訴我：「看妳的作品，我會感動得掉眼淚，他每次都在一旁笑我！」最近年財兄告訴我，他那美麗溫柔又善感的老婆，在看我的書，趕緊提醒他，如果老婆又哭了，可得通知我，兩家住得近，我再送面紙過去！

服務三總的淑黎，溫馨的日子，返金表孝心，祝賀媽媽母親節快樂，得知這項訊息，很高興地道恭喜，她要到書店購買，帶回三總給病人看耶！只是，三十一歲的她，還未婚哩，其母心急如焚，要她趕快嫁人，怎辦？男士快來追吧！

淑黎服務於金門花崗石醫院的時候，應護理主任明儀姐的邀約，我帶著女兒與全院護理人員，腳踩料羅灘，觀蒼鬱的山林、賞滿天浪花的海水，為醫院寫了一篇〈極目觀望料羅灘〉，作品刊登，院內拍手叫好，院外則是把我當匪諜般，就因作品當中，敘述了料羅灘乃兩棲部隊駐紮之處，兵棋台整齊排列、數步必有崗哨……等，金防部政四組竟查起了我的身分。長歲數、長身高、長官階，亦該長智慧，有哪個匪諜，在刺探軍情後，會在副刊發表，又留下名和姓，等人來抓！

文章的起承轉合，當年住在山上的大官，不知有否品讀文中的一段：「水泥牆上，威武雄壯的字樣，過目難忘——神出鬼沒，敵人喪膽；浪裡白條，海底蛟龍。我軍蛙兵之臥薪嚐膽，不畏驚濤駭浪，可見一斑！」看不出來呀？作者在警告對岸的「共匪」，不可越雷池一步，我們國軍有厚實的軍力、不怕苦、不怕難、不怕死……，我這麼有愛國情操，沒給獎勵也就算了，還敢找我碴？想約談，門都沒有！也因此，金防部，多了許多「忠實讀者」，他們都在注意我這個「匪諜」寫啥？作者寫稿，就是要人看，看不出端倪，很失望哦？

駐軍不斷裁撤，許多據點，人去樓空，成了犯罪的溫床，而軍管時代已過去，走過來時路，有多少人回憶？

想年輕的時候，所參加的作文比賽，都嘛是——「為反共復國大業而奮鬥到底」，總是罵共匪無人性，要解救水深火熱的大陸同胞，讓他們早日脫離苦海……。而每年的自衛隊訓練或演習，心戰喊話時，喊的都是：「親愛的共軍官兵弟兄們，共產黨使你們家破人亡、妻離子散，趕快起義來歸吧！」說共匪不好，也都是老師和書本說的，阮嘛嘸知影！

小三通後，看到大陸來的「共匪」，好像也沒那麼可怕；水深火熱的同胞，也沒吃香蕉皮呀！倒是開放後，鄰居的何先生，他一邊翻閱我的書，一邊憂心地說：「現在只有兩線道，如果大陸放一萬個人過來，道路一定阻塞，希望有四線道，交通較順暢！」他說，他去了大陸幾次，看人家一片欣欣向榮，所以有感而發！

大陸我沒去過，也不知道長怎樣？道路嘛，我也很少出門，又不會開車，留待有心人士去煩吧！

家住彰化，曾服務於西洪，筆名「佬佬」的文友，目前從事建材行業的他，在博客來網路書店點購，小我一歲的他，結婚十二年了，有三個小孩。

當年家中經營紡織有限公司的他，到外島服役，部隊就在西洪，文質彬彬的大專生，在防砲連擔任文書工作，偶爾投稿正氣副刊，從不知他家這麼富貴，退伍返台後，來信了，告知一切，但礙於家規，不能與台灣人交往，且他年紀比我小，從此斷了音訊！二十年後，他有三個小孩，我有四個；他封筆了，我出書了，他說：「還是寒玉厲害！」

看了長篇小說——《李家秀秀》，「姑換嫂」，在小時候，時有所聞，沒有特別在意寫啥？幾經閱讀後，當王維揚的出現，似曾相識的景象，縈繞腦海，開始注意秀秀有沒有嫁給王維揚？如連續劇般，每天盯著副刊瞧，兩人有情人終成眷屬，為秀秀的好命拍掌，金門姑娘嫁台灣，也有平安幸福的呀！

服務西洪的官士兵們，他們退伍或輪調，都會留下通訊地址或聯絡方式，但搬家多次，資料已不見，存留腦海的印象卻一一呈現！

二十年前，島上的十萬大軍，為金門帶來生機，多少農家子弟，靠天吃飯，在日出耕耘、日落而息之餘，均會開個雜貨店，冰果、小吃、撞球、修改軍服……，一應俱全，小小的一間店，麻雀雖小，五臟俱全，阿兵哥走入店中，只要說得出口，少有買不到的商品。

西洪，被大軍包圍，十幾戶人家，近一半開店，幾乎家家有著漂亮的美眉駐店，她們的熱情，無論穿著與打扮，在那個年代，算是時髦的了，唯獨我，冷若冰霜的臉與素淨的衣裳，那高傲態度，愛買不買隨便你，獨樹一格！

防砲連與步兵連，吳姓與廖姓軍官，一個有情、一個有義，吳姓常到家裡幫忙農事，得到父親的青睞，廖姓則是家人受傷時，義無反顧地挺身而出，亦得到父親的好感，但家中，明文規定，要娶我者，必須把根留下，長住金門，否則，不准交往！

砲兵連，某天夜晚，在窗外偷窺的那位軍官，可把我嚇得魂飛魄散！

話說花生採收的季節，炙熱的日子，白天艷陽高照，夜晚涼風徐徐，伴隨一股花生的香味，由門縫窗隙間入鼻，某晚，梳洗完畢後，入了房內，倚靠在窗旁，欣賞著圓圓的月亮，尋覓著波波的靈感！

霎那間，嗅聞到草綠服散發出來的氣味，眼神一飄，看到了一個黑影，大喊一聲，急忙關上窗戶，還好沒有裸睡的習慣，不然就要讓人看光光！

隔日，我在櫃檯內，他在櫃檯外，購物後，付完帳，扔了一封信，即快速離去！

拆閱後，那噁心的內容，直叫人作嘔，原來他每晚都躲在窗外看我，無論刮風下雨，從不缺席……。

白天看不過癮，晚上還要當鬼嚇人！從此，我每晚緊鎖房門與窗戶，無論天氣有多熱，直到出嫁，房間的窗戶，再也沒開過！

有天，他拿了一件公發的草綠長褲，要我修長度，一向不量身，而以目測的我，從來也沒失誤過，那回，也不知道是緊張，還是報復心？竟將它剪成七分褲，不但沒賠，還論件計酬，錢照收，他也穿得很高興，西洪少有憲兵出入，不然，這樣的穿著，就是違紀了！

二十堡聽說常鬧鬼，士兵們夜晚睡得不安穩，他們在半夜，會聽見不該聽的聲音、會看到不該看的影像，阿兵哥只好買一些冥紙和供品，據說每回祭拜後，可一覺睡到天亮呢！

通信營和步兵營的兩位營長，最喜歡喝我泡的咖啡，兩輛吉普車，常常一前一後的到來，擁有中校階級，保持風度，公平競爭，記得以前，想購點券，談何容易，偏偏外面商店的東西又貴得離譜，他們很好心地幫我購買，又大罐、又便宜，然後又每天來喝咖啡，一杯二十塊錢，市區的內容物是現煮的咖啡、奶精加方糖；人家我很另類的用泡的，咖啡、煉乳加二砂糖，他們都說很好喝耶，也不知道是不是真的？

有位將軍的兒子，官階中尉，有後盾的他，拍胸脯保證，只要跟他回台灣，將來一定當上將軍夫人！只是，尉級和將級，距離好遙遠，在那個年代，本省與外省，格格不入，地瓜與芋頭，難成一家呀！

最喜歡第二士校和幹訓班的學生來買東西，教官和助教將學生帶到西洪上課，休息時間，他們整齊地排好隊伍，入店選購，第一個選好物品，付完帳後，再輪第二個，以此類推，食用完畢，還會幫忙清理，賺他們的錢，最輕鬆了！

家附近的碉堡，有如畫一個圓圈，從十六堡到二十一堡，上有空軍、下有步兵，三餐連上取，士兵輪流提便當，順道送洗衣物，洗加燙，每套二十元，常常，在官士兵的口袋，發現了一疊疊的鈔票，總是小心翼翼的對照名字，物歸原主！有時候難免疑問，他們是真的粗線條？還是在試我的定力？君子愛財，取之有道，靠自己勞力賺來的，果實比較甜美耶！

颱風之後，樹葉飄落，住家附近，木麻黃遍布，不用大老遠推著手推車，跑去農場附近「耙柴」，忍受蚊子的叮咬與野狗的追趕，只要使勁地穿過片片叢林，就能耙回袋袋的木麻黃，再使力地拉回掉落的枯枝，置於空曠地，經太陽照射，曬乾後，綠樹成枯樹，細枝折成一截截，以草繩綑綁；粗枝則以鋸子將之鋸成一段段，再用斧頭劈開，一綑綑地收藏，以備雨天和霧季時使用。

鄉下地方，瓦斯不普遍，家家戶戶用爐灶炊飯，每次升火，「大柴」橫直排列，上、中、下隔著木麻黃點火，很快地，煙囪便炊煙裊裊，一餐飯煮好，剩餘的灰燼，既可溫水洗澡，亦能在中間挖個洞，擺上地瓜，覆蓋灰燼，半小時後，那最好的點心、人間美味就此誕生，甜而多汁的地瓜讓人垂涎三尺呢！

養雞、養鴨、養鵝，低首啄食，祥和一片；養豬、養牛、養狗，大口咀嚼，肥碩豐滿；綠蔭片片的西洪，幕幕美景！那充實的生活，心胸寬闊，愛西洪，愛那兒的一草一木、一景一物！

西洪，孕育我成長的地方，駐足期間，有歡笑、有悲傷、也有淚水，但愛戀西洪，今生無悔！

西洪的總總，族繁不及備載！

縱然，西洪毀我幸福，坪林毀我健康。書懷，這文學之路，我曾走過！

再見西洪，景物依舊，人事已非，家附近的碉堡，已夷為平地；有一處空軍曾經駐守的坑道，雜草叢生，感覺陰森駭然，無人敢入內尋幽攬勝；而治家嚴謹、對我苛求頗深的父親，也已作古數年，每每返娘家，抬頭看見廳堂的遺像，回首往事，總是心酸酸、淚漣漣！

正義國小愛心媽媽社的社長麗娟，購書後請我簽名，人家我可是很慎重地撥了電話，請教了大作家，該如何簽？大作家真是上輩子欠我的，什麼都要煩他！而副社長璧嬌發出了疑問：「怎麼有這麼多的故事可以寫？」作者的後盾就是讀者，我寫自己，也寫別人，許多願意將經歷告訴我的讀者，他們成了我最好的寫作題材！

雅：「妳以前住西洪？對西洪感情很深喔？」

「我在那裡住了十四年，過著有山有水的愜意時光，每天懷抱綠之園，的確下了很重的感情。」一番感觸在心頭。

舊機場屬於西洪地帶，已荒廢多年，以前，那兒是部隊演習的地方，也是戰車、悍馬車訓練的場地，風飛沙驅不走那股戰鬥的毅力！

現在，有心人士期望重新起用西洪機場，以紓解空中交通，然而，西洪機場毗鄰料羅灣，霧朦朧、鳥朦朧、人朦朧的景象依舊在呀！當霧鎖金門，飛機如何飛呀飛？

雅又問了我一個問題：「現在出書能賺錢嗎？」

「出書為紀念，為自己曾經走過這一遭，留存一點印象，我也知道，現在買書的人越來越少了。」據實回答。

其實，我也有一個疑問想問雅，為什麼膽囊割掉後，取出了石頭，不能再將它縫回去呢？

曾有讀者告訴我，我的書訂價三百七十元，比金門高粱酒還貴，坦白說，滴酒不沾的我，不知酒價，不過我告訴他，我們作者在賣智慧，心血的結晶不能用金錢來衡量，酒喝了，只剩空瓶子，而且喝多了，傷肝又傷神；書看了，是智識的增長，還可當傳家之寶，留給後代子孫，像我家的圖書角，買了許多書，就是要留給後代子孫的呀！

還有人說：「那幾百塊錢，不如去吃一客牛排，打打牙祭，比較實在！」時代不一樣，觀念也不同，想年輕時候，為了買一本書，要爬很多的格子、要存很久的零用錢，精神食糧才能擁有！

秋在電話中告訴我：「我正在看妳的書，等看完，再跟妳寫信，我會寫讀書心得給妳……。」

五月份，他每週看四診，六月份，每週要看五診，叫他書本隨便翻一翻就好，他說：「我要一字一句看仔細！」

「坐家」終於擠進「作家」的行列，不因此自滿，只要有機會，不忘充電。五月十九日，與先生一同參與正義國小輔導處所舉辦的「親子共讀的策略」，趙鏡中教授和范姜翠玉老師，就台灣推動的經驗，來金門與家長分享，他們認為，課內和課外的閱讀，同等重要，生活中，閱讀獲得的資訊，在於聽、說、讀、寫，多閱讀，可提升作文能力哩！

沒睡午覺的老師和家長們，有一點疲憊，提振精神，來了個學習語詞與句型的繪本導讀，接著，培養彼此默契，兩人一組，背對背，當幻燈片出現一個圖案，一人敘述圖形，一人繪出圖案，「少年不會想，吃老不像樣！」書唸得少，表達能力欠周詳！我說得口沫橫飛，先生畫得支離破碎，趕緊向一旁的淑珊老師求救，眼睛一瞄，大家都嘛差不多！不過有一組老師和教官，描摹的圖樣幾乎滿分，香梅老師走到我們這一組，相機對準：「最不像的一定要把它拍下來！」

教授看了我夫妻倆，對著全體學員說道：「這對夫妻，我真想把他們給拆了，都在一起這麼久了，還這麼沒默契！」

全體學員笑成一團，「你們再笑，回去就叫他跪算盤！」

「回饋表」的勾選，很努力地填寫，我特地告訴香梅：「右邊是先生的，左邊是我的。」

「我知道，你們夫妻不分開的！」香梅接過後，笑咪咪的回答。

「那個教授，都要把我們給拆了！」我俏皮地說，教授則在一旁吐舌頭！

溝通，沒有啥竅門，首重條理、位置和比喻；看來，我和另一半的默契真的不夠，要努力的再教育，免得以後又丟人現眼，我可是很愛面子的唷！

結束後，掙回了好大的面子，又有讀者拉著我，擋住我的去路，詢問新書何處？要買我的書耶！

書上架後，沒有掛零，一陣欣慰，感謝指正的文友和支持的讀者群！

生活偶拾

一、游泳篇

小學畢業，如果不會游二十五公尺，很多人要煩惱了！

鼓勵二女兒參與「兒童暑期游泳訓練營」，除了擔心她以後不會游二十五公尺，也為增強體力，抵抗過敏體質。

游泳池，長與寬，分別為五十公尺、二十五公尺，湖底映照出藍藍的水，環肥燕瘦沉浸其間，仰式、蛙式、自由式、蝶式，在池裡自由來去！

這一梯次，十幾位小朋友，擁有三位年輕教練，二男一女，就讀金門技術學院運動管理學系，二十來歲，每日上、下午，各一梯次，每次兩個鐘頭。

陪二女兒前往，一旁觀看，當他（她）們換上泳裝後，池畔暖身運動，接著，教練開啟水龍頭、拾起水管，將冰冷的水往每個學員身上灑，一陣透心涼！

下水了，有人靈巧的肢體，如魚兒悠游般；旱鴨子則是站立原處不敢動，教練來個剪刀、石頭、布，慢慢地移動手腳，打水漂兒，你來我往，漸有進展！

我這沒用的媽媽，眼前的池水飄忽不定，頭暈眼花，差點一頭栽進池裡，趕忙往外走，見陽光、吹涼風，時而返回，瞄一下女兒可好？

休息時間，問二女兒會不會口渴？

「我在池裡已經喝很多水了，不渴吔！」

返家後，煮了中餐，二女兒比平常吃得少，問她原因？

「肚子好飽喔！」她摸摸肚子說：「吃不下，肚子好撐喔！」

雖然不忍心，但游泳有益無害，而且彥士告訴我，過敏體質的小孩，游泳可抗過敏，為娘的，鐵了心，繼續鼓勵她「下水！」

幾天之後，驗收成果，她的池水，沒有白喝！

我看到池裡的幾條美人魚，有的飄、有的游，正享受著她們的「游泳樂」！

一位救生員，遞來了一張椅子，讓我歇腳，發現他手臂上的刺青，好大的「牛頭」，好奇詢問，何以年紀輕輕，要紋身？在我這個年歲，看到身上有刺青的人，第一印象，給分數，就先打了折扣。

他露出了靦腆的笑容，「高二那年，迷戀一位拳擊手，我將他當偶像，身上的刺青也是學他，為了刺這頭牛，花了三千塊，但也因此，付出代價，想當海龍蛙兵，沒了機會。」我就說嘛，沒事刺什麼青！「你要記取教訓，別再跟人家趕流行！還有，有機會將那頭牛洗掉。」

「我也想啊，但要到台灣雷射，費用很貴！」薪水不是很高的他，娓娓訴說。

「那就努力存錢。」賺錢不易，鼓勵他多存錢，早日實現願望。

為了「一頭牛」，夢想無法實現，心曾難過！

救生員的危機處理很重要，我問他：「泳池有無特殊事？」

「有，有一梯次的一位小朋友，不小心誤入深水處，我在一旁看了，立刻下水，將他救起。」

表現很好，記你一個大功！

沒當「海龍」，走救生員路線，跟「水」脫離不了關係！

人生路，做什麼，像什麼，忘了以前的遺憾，在工作崗位上盡心盡力，也能走出一片天。

二、護膚大體驗

瓶瓶罐罐的保養品，對我這個有一點年紀的女人來說，是有其必要的，尤其近幾年來，睡眠嚴重不足，再加上細紋、雀斑、粉刺……，每每攬鏡自照，很不能接受臉上的這些瑕疵！

保養好久，未見效果！愛美、怕老的女人，開始注意一些美容資訊，Q10、膠原蛋白、左旋C、緊緻面膜……，什麼「死人骨頭」都嘛用過，這張臉，越除越皺！

以往，有什麼「美容發表會」，只要時間許可，總會走上一回，做個免費的肌膚檢測、排毒、保養、修眉毛，再是九折優惠，外加贈品，但努力護理與保養的結果，好像沒什麼收穫！

精打細算的女人，總會在優惠時刻，不手軟的大筆消費，這除了本身需求，美容師的口若懸河，拚業績，也佔了重要因素。然而，聰明的消費者，可別讓人牽著鼻子走，除了視本身的經濟狀況與實際需要，亦要細看，所謂的滿額贈品，是否依公司規定？有無縮水？

睡眠不足，老得快！

聽聞深層護理，有益抗老，第一次走進一家頗具規模的美容SPA館，嘗試體驗臉部的護膚大保養！

櫃檯內，一位擁有「丙級證照」的美容師，親切招呼，開門見山的告訴她，我的訴求。

「妳的這張臉，現在挽救還來得及，我有把握，做到妳滿意，不過，我現在樓上的每間房間都客滿，每個美容師都在忙，而且我現在還有一位客人，妳先去逛一逛，四十分鐘後，忙完那位客人，再接妳的。」

「那改天好了，天氣這麼熱，要在街上閒逛四十分鐘，實在太累！」

貼心的她，立刻給了我答案：「我們先進去諮詢室，填完資料，就上樓！」

「妳不是還有一位客人？」

「沒關係！」

上了二樓，腳踩長形的走道，兩側的房間，裝潢得煞是漂亮，隱約聽到一間房間，有拍打（去除疲勞）的聲響。

「妳的客人呢？」四下張望後，提出疑問。

「沒關係，我們這邊請。」她指著右邊的一間房間說。

小小的地方，容納一張單人床、一個衣櫃、還有推車、蒸氣等。

她遞來一件美容衣，「換上這件！」

「我只要做臉！」瞧了那件粉紅色的無肩帶美容衣後，提出疑問。

「除了做臉，等一下會幫妳做肩頸按摩，妳是做什麼的？頸部這麼緊？」她輕揉我的肩頸。

「家庭主婦。」我回答。

「妳這次做完臉，下次可以來做身體，我們這裡有做夫妻檔，美容美體一起來，建議妳做四九九的比較划算。」

「那，我們護膚要多久？」這是今天的重點。

「兩個鐘頭。」

我開始計時！

脫去襯衫，套上美容衣，胸罩與長褲完整穿著，迅速的往床上一坐，正要躺下，她叫住了我：「上面這一層是被子！」

「喔！」掀開了被子，床單怎麼跟家裡的不一樣？

「這是拋棄式床單。」她解說。

「喔！」恍然大悟，原來如此。

卸妝、洗臉、保養、蒸氣、敷臉、除粉刺、修復、導入、肩頸按摩，大功告成了，一小時又三十分鐘，臉有些兒紅，她說這是自然現象，三天就會好！

下了樓，她熱心指引，「妳以後買我們的產品比較划得來，只要付費一九九〇〇元，我們會幫妳配套一組適合妳肌膚專用的產品，妳每次來，只要再付費四九九元就可以了！」

「四九九元，不包括保養品？」

「對，保養品要另外買，妳也可以包期，十次一萬五到一萬八，看妳的膚質而定，好啦，就算我拿妳一萬五好了，但我擦什麼在妳臉上，妳也不知道，所以，最好是跟我們買一組。」

護膚大體驗，付了體驗價，她熱心地說，「我們口碑不錯，妳要再來哦！我會跟妳聯絡。」

愛美的女人，做了一次從未有過的體驗，下次呢？

聽說台灣正流行雷射、脈衝光、打肉毒桿菌、電波拉皮……，不知道哪一天，會為了給自己一張美美的臉，而大膽嘗試！

三、她不是故意的

孩子們喜歡台灣的麥當勞，但很久沒去台灣了，時而帶著他們到街上，品嚐金門式的麥當勞！

暑假的某個上午，再次光臨這熟悉的地方，每人點了自己喜歡的口味。

店內的位置已客滿，就在騎樓處大快朵頤了起來，當服務生端來鐵板麵，一不小心，踩了個空，鐵板麵傾斜，熱騰騰的湯汁順勢而下，滴淌在大兒子的大腿、膝蓋、腳趾等處，燙與痛在大兒子的腳流竄，服務生也驚慌！

「水借我們沖一下！」吞下了一口香蒜吐司，跟服務生要水沖腳。

「給妳冰水好不好？」服務生道歉後，遞來了冰水。

接著，一位資深的服務人員趕來查看，又道了聲對不起，櫃檯的老闆娘也來了，「對不起，她是新進人員，比較不熟悉……。」

「沒關係，她不是故意的，不怪她！」我邊處理，邊回應。

「要不要我們帶他看醫生？」老闆娘問。

「忙你們的吧，我們自己帶去看就可以了。」

處理暫告一段落，叮囑孩子們，先行用餐，回頭就醫！

此刻，老闆娘來了，道歉連連，又取出了方才我付給她的早餐錢，「我們老闆說，你們這頓早餐，由我們請客。」

「使用者本該付費，我們來吃，當然要照付錢。」

「這是老闆的意思！」

「這樣子換早餐很奇怪，我們真的不怪她，她是新手，下次小心就好了！」這餐，堅持不讓店家請。

我有我的原則，那服務生的無心之過，既然選擇原諒，就不再追究！

食罷，帶著孩子們欲離開，看見那位服務生，低著頭，擔憂她被處罰，於心不忍地走到櫃檯前，「老闆娘，她真的不是故意的，希望下次來，能再看到她！」

「會啦會啦！」老闆娘的承諾，讓我放心不少。

已忘了服務生的長相，但腦海中盤旋的是：「服務生可好？」

真該找個時間，再光臨這家店，看看她！

四、羊咩咩上學去

我家的羊咩咩小其曄，上學囉！

開學前幾天，羊咩咩的老師來電話，提醒攜帶物品，有抽取式衛生紙、室內拖鞋、盥洗用具……等，一邊幫他準備，一邊淚眼汪汪，多年來，我跟他朝夕相伴，當孩子的爹與上面的哥哥姊姊，有的上班、有的上學，就屬他，最窩心，晝夜陪伴！

小其暐已長大，就要走入校園，學習另一波成長，為他拍掌之餘，想到自己四十二年來，第一次面臨獨守屋宇、沒安全感的景象，鼻頭一陣酸，有些後悔當年，家庭主婦一頭栽，如果選擇職業婦女，孩子交給褓姆，早習慣孩子不在身邊的日子，如今，當孩子一個個長大，他們羽翼豐滿，我這沒用的媽媽，應不至於每日心酸酸！

開學第一天，起個大早上學校，抵達了「正幼」，放眼而望，兩班合併上課，大班七人、中班八人，兩班加一加，沒以前一班的多，我這多產媽媽，不禁要問：「現代人，都生這麼少嗎？」經濟不景氣，多生一個，多一個負擔，距離那「增產報國」的口號好遙遠！

校長和淑燕、麗娜老師，一早就來幼稚班迎接新生的到來，第一天不太適應的新生，正襟危坐，亦有哭著喊媽媽，兩位老師忙著打點，我將羊咩咩的情形，告訴了他的老師，跟老師互使了個眼色後，老師掩護，快速閃人！

返家後，守著電話，不敢離開，我知道，一手帶大的小其暐，一定會想家！

時間一分一秒的過去了，中午十二點半，電話鈴聲響，翁老師在電話中告訴我，小其暐早上還好，有一位小朋友大哭，他感染了悲傷氣氛，也很「秀氣」地哭了一個早上，中午吃不下飯！

掛了電話，立刻下樓，要孩子的爹發動車子，不會開車的人，就是麻煩，沒有駕駛還真不方便！

上午的原班人馬，再次奔入校園，大老遠，看到了小其曄不斷抽噎，快跑前進，一把抱起了他，他哭、我也哭！管它教室有多少目光注視，就這樣痛痛快快地給它哭一場，將形象拋諸腦後！

平日吃飯，中規中矩的他，此刻，竟要媽媽餵！飯已涼，還是要吃啊，餓肚子，媽媽會心疼的。

睡覺時間到了，鋪好了睡袋，輕柔的音樂伴起，撫觸他的身軀，隨著節奏，一起一伏，他在抽噎聲的伴隨下，緩緩入夢，清秀的臉龐，尚有幾滴未乾的淚液。

輔導組真貼心，為迎接新生到來與慶祝新校舍落成，全體師生，每人紅蛋一顆，溫馨而喜悅的氣氛，就此展開！

第二天、第三天……，每天中午，小其曄的老師，都會來通愛心電話，讓我這個牽絆多多的母親放心，看他漸入佳境，心，真的放下不少！

接下來的「新生親師座談會」與「班親會」，兩者同日舉行，為關心孩子成長、切磋教養經驗、分享彼此心得，從不缺席的我，又報到了。由下午到晚上，數個鐘頭下來，精神不太集中，而夜晚的雨絲輕飄，隨即傾盆大雨，竟毛骨悚然了起來，再也坐不住！

返抵家門，接到一通窩心的電話，那是陳老師打來的：「今天在學校，看妳的臉色很差，要注意身體健康，很晚了，我不多說了，晚安！」

心有牽絆，心情無法飛揚，而羊咩咩的上學，老師又抱又哄的景象，窩心連連！

數週過去了，適應力超強的羊咩咩，不再讓老師和爸媽抱了，他說：「我長大了，讓你們抱，很丟臉哩！」

校慶那天，特地幫羊咩咩穿一套新衣裳，那是羊咩咩出生後，首次帶他去台灣，量身選購，白色的衣領、綠白相間的條紋，搭配墨綠色的長褲，顯得朝氣許多！

大概是昨晚太興奮、今日又太早起床，睡眠不足，當校慶開始，台上如火如荼的展開，我家的羊咩咩，竟在台下打起瞌睡，那可愛的模樣，吸引了多少鎂光燈！

帥帥的羊咩咩，除了擔憂他的身體虛，亦煩惱他的愛挑食，聽說，許老師帶出來的學生，各個「身強體壯」，羊咩咩就麻煩您了！

五、台灣行

六年沒去台灣了，上飛機，不為度假，只為一探大女兒可好？

中秋節連續假期，全家人喜孜孜地飛向台灣，抵達了松山機場，細雨紛飛，領了行李，在計程車等候區，排隊等候。探頭觀望，隊伍好長，在我們前面的旅客，都順利地上車。好不容易輪到我們，計程車一輛輛的來、又一輛輛的去，看我們這一票人、又這麼多行李，揮揮手，寧可空車開走，難道，「生多亦是一種錯誤？」

正灰心之際，來了一輛車況不是很新、說話不是很清晰的一位駕駛，在我們身旁，停了下來，又主動下車，幫忙提行李，原來，台北還是有溫情的！

適逢連續假期，大塞車，一路上，吐得不像樣，見寸步難行，很想下車走路。他邊開車、邊安慰，「嫂子，很快就到了，忍耐一下！」抵達目的地，看看腕錶，車程剛好一個鐘頭，手上的嘔吐袋，那內容物，頗為壯觀！

大女兒來了！才幾天不見，消瘦了一圈，很心疼地詢問她，是否吃得好？睡得好？讀得好？個性獨立的她，要我這做媽的放心，她會照顧自己。

住的地方，間間客滿，來往穿梭的人群，煞是熱鬧！有一票身上印有某保全公司的職員，在大廳聊起天來，講話時，口沫橫飛、又比手劃腳，前面的人走過去，都沒事，當我經過他的身旁，他的大手一揮，狠狠地揮到我的臉上，這一耳光，有夠痛！很不甘願地瞪了他一眼，他也楞住了，趕忙說道歉！接下來幾天，我們在同一樓層相遇，他看到了我，頭總是低低的。仔細觀察，他與人說話，動作收斂許多，挨這一耳光，間接地教了他的禮儀規範，值得了！

出門買早餐，遇到了流浪漢，在那清晨六點多，騎樓下，排排機車，其中一輛，上面坐著一位身穿白T恤，又黑、又髒、又破的男子，右手拿著一瓶米酒頭，時喝時停，見我經過，不斷傳來嘿嘿聲，嚇死人了！見四下無人，索性拿起手機，撥了一通電話，一絲安全感湧上心頭。到了十字路口，管它紅綠燈，先過再說！

多年不見，以前赴台，常光顧的商家，怎麼都不見了？而街上，亦看不到幾年前，熱鬧的景象！

「軍友餐廳」的家庭聚餐，將點好的菜單拿到櫃檯，背後突然有人拍我，「什麼時候來台灣的？」

回過頭，定睛一看，原來是餐廳的副理，相遇，既招待了這一餐，又攜回了中秋節禮物。

赴台，對金門，心有牽絆，不願離去；而返金，依依不捨母女情，又不願歸來。

上了計程車，一路淚眼揮灑；搭飛機，空服員貼心地遞來了面紙，懦弱的母親，掩不住心傷！牽絆！

六、生活偶拾

週遭，有很多無聊的人，自己的事都做不好了，偏偏喜歡管別人的家務事，挑撥婆媳、夫妻、朋友、鄰里的感情，將心比心，哪天，這樣的事，落到你（妳）的身上，作何感想？

人云亦云的人，最沒格調，搞不清楚狀況，以為「西瓜偎大邊」，就形成了一股勢力，說穿了，不過是互相利用的「酒肉朋友」罷了！

交友在交心，阿諛奉承的話少聽。

明事理、辨善惡，何為好人？何為好事？心中該有一把尺！

當人說人話、當鬼說鬼話的人，最是可怕！

交友，寧缺勿濫！

多吃也沒一口

凝聚向心力，每年的三大節，社區都會舉辦慶祝活動，團聚鄉親力量、共創美好未來！

多年前，理監事會議通過，佳節家戶分粽子、慶端午，鄉親以人頭計，每人五顆表心意，從此，沿習以往，每年照辦。

社區居民、附近駐軍、台電廠……等，敦親睦鄰的結果，約計包粽一千八百至兩千顆，這些經費，幾乎透過申請而來。

今年的社區評鑑，本社區榮獲第五名，喜氣歡騰！幾位工作人員，日以繼夜地操，嘗到了甜美的果實。社區活動中心每天八點開放，夜晚十點關門，有專人管理，內設小辦公室與閱覽室，血壓計、電腦、印表機、影印機，還有圖書角、沙發、電視、卡拉ＯＫ……等，活動中心離家近，「嘹亮」的歌聲日日夜夜，強迫耳朵接受，頭痛欲裂！唱歌，是一種情感的抒發，心靈奔放的結果，反而傷了附近居民的耳膜！不妨放低聲響、調整音調，享受人生之際，為他人設想些許。

桌球室與撞球室，是調劑身心的所在，然而，外區域的一些少年仔，有些尚在就學，成群結隊，撞球、抽菸、滋事，擾人安寧而不自知？當環境清潔日的到來，入內打掃，嘔聲連連！無論社區環境清潔日的打掃或活動整理，就是幾個熟面孔！「做事」的是那幾位，「出事」的還是那幾位！

粽葉飄香傳溫情，今年，我的一股熱情，明年，是否逐漸降溫？

今年，擔任了一項吃力不討好的把關工作——發粽子，一顆粽子的呈現，流了多少人的汗水？淌了多少人的珠淚？

首先，召集理監事開會，再者，發送「家戶人數調查表及活動通知」，然後，各家戶將調查表擲回社區信箱；理監事會議決議的結果：「贈送的對象以設籍且目前實際居住在夏興、后園為限，流動戶口及旅居外地求學、工作，不返鄉過節者不計。」並請各家戶踴躍參加包粽子！

前一天下午，阿德載來豬肉，娟採購糯米、粽葉、蝦米、香菇、雞蛋、蘿蔔乾、醬油、味素、鹽巴……等，清點後，開始動工，炊具由廚師旺提供，我們將雞蛋整齊地一顆顆地排列於蒸籠，此時，有人對活動有意見，與理事長溝通，我一個不小心，摔壞了一顆蛋，蛋殼上方，一個米字呈現，待會兒，就將它擺在最上面！

來者希望將發粽子的錢，折合現金，理事長告知，辦活動申請經費，要有成果展現！雙方你一言、我一語，折騰許多時間。

剝蛋殼、切香菇……全家大小總動員，蚊蟲叮咬哇哇叫！蚊香燃，煙裊裊，驅不走身上的大腫包！

洗洗泡泡、切切揉揉，終告一段落，明日請早！

重要時刻，喊醒大小，活動中心報到！孩子們汲水洗粽葉，輕搬器皿，與婆婆媽媽們打成一片，不亦樂乎！

邊洗粽葉邊聊天，珍告訴我她的故事，樂觀的女人，開朗的情懷，走過風風雨雨的歲月，寬闊的心境，始終如一！

輝遞來了一杯熱茶，潤潤喉，繼續與珍聊她的心事；水說我《壹周刊》，人家《壹周刊》熱賣，獨樹一格，我要自創「貳週刊」；賀帶來了相機，鏡頭瞄準，笑一個，留下倩影，我曾年輕！

切雞蛋的時候，每顆對切四等分，不零零落落，我堅持不重疊，溫四處張羅盤子，還要當個磨刀的男人！

婆婆媽媽排排坐，包起粽子來，老練者，有稜有角俏模樣；初學者，慢條斯理待加強！但結合社區的力量，只要肯參與，奉獻一己之力，無論成敗與否，盡了力，就該給予掌聲鼓勵！

居住外地的福，特地回來幫忙，與旺分工合作，兩個男人，撐起了三個大蒸籠，時間的拿捏、火候的控管，掌握得宜！

香味撲鼻的肉粽串串撈起，為清點無誤，剪線分開由國代勞，分發的時刻到了，父子檔的興招呼來賓、賀負責照相、理監事們負起了監督的責任與服務到家的熱誠，輝核對名冊及數量、嚴謹把關的我，大、小、優、劣，分布均勻，來一戶，發一戶，沒來的人家，一袋袋裝好，坤在袋外寫名字，興、文……挨家挨戶送達。

來賓駕臨，鎮長李成義、課長蔡福林、里長陳國強，還有軍方的組長、庫長……等，紛至沓來，祝賀社區居民佳節愉快！

中午時刻，金門高粱擺中央，滷味肉粽放兩邊，配上蘿蔔魚丸湯，津津有味真舒暢！多位嘉賓來捧場，興、溫、義、芳、德陪伴，酒酣耳熱話家常！

當社區的發送大功告成，往年一些不良的情景不復存在，正慶幸第一次上陣，零缺點、獲讚揚，突有婦人上前，指責我既要主事，就得公平，豈能給予品質差、成品小、歪七扭八不像樣！

分配的時候，數十隻眼光監督，整個社區，無人提出異議，為證實婦人的無理取鬧，當下請示總務等人，讓她拿來換，眾目睽睽見真章！

起初的她，不願從家中取來見眾，真相豈能模糊？我若有錯，願當眾道歉，她若無理，自該反省！

登記二十顆、領了二十顆的她，提來了，我在眾人的檢視下，將它們倒於臉盆，一個個檢查，二十顆，均沒有餡料外露，只有兩顆包得不太美觀，當場揭下她虛假的面具！

家人有一位在台的她，三人登記四份，一念之仁未戳破，想不到她，貪得無厭！鬧場的她，不忘再演一齣，她又怪我沒給整串，國看不下去了：「今年沒人拿整串，線是我剪的，方便計算，就是這樣。」一陣感慨，辛苦了那些包粽的婆婆媽媽，明年再辦，是否需要拿尺量、拿秤看重量？原來有些人，不是看賣相，「大」才是重點！

多吃也沒一口呀！

不問耕耘、只問收穫的人兒，會在東西裡面挑呀挑，總是取走最好的，逮到機會，再伺機下手，讓人不屑！

愛找碴的人，無論主事者是誰？總會鬧上一場！

將心情寫在臉上的我，一臉臭，雖然大家異口同聲鼓勵與支持：「妳這樣做是對的，處理方式很正確。」我的挫折感容忍度極差，仍舊無法笑逐顏開，一顆頭，幾近崩裂！

前一晚在活動中心忙的時候，被蚊子叮咬的地方，只是錢幣大小，經過一夜，範圍如饅頭大，紅、腫、熱、痛，掛了急診，正巧遇上帥帥的他，幫忙看診，原來是──蜂窩性組織炎，連蚊子都來找麻煩，招誰惹誰了？

服藥後，躺回床上，頭昏昏、腦脹脹，思考著：「以後還要雞婆嗎？」

走在街上，左後方傳來熟悉的聲音，於急診室幫我看診、那位文質彬彬的雅士、肌膚吹彈即破、皮膚讓女人嫉妒的他，穿著藍色的襯衫、灰色的西裝褲，騎著單車輕輕滑過：「寒玉，腳好了沒？」

轉身一看，原來是他，事隔多日，他還記得！

而茶餘飯後，那串串粽葉香的思潮，人人口中一句：「多吃也沒一口！」

先他後我

六月底，安瀾國小的一位女老師來訪，她告訴我學校發生的一個故事，該班有一位同學，平日稍有自私心態，在偶然機會裡，一則真實的情節，啟示了他，從此改變想法，互助互動，不再私心重重！

某日午餐後，小朋友們發現教室外面的走廊，那水泥裂縫裡，有一大一小的蟾蜍，奮力地鑽，鑽不出縫口，同學跟她報告，不敢觸碰蟾蜍的她，又討了救兵，仍舊一籌莫展！

平行的兩隻蟾蜍，縫口小、身體大，在那兒上演一場，你爭我奪戰！同學們圍觀，怎麼會這樣？

半天了，沒啥進展，突然，小蟾蜍身子一縮，往後退，大蟾蜍順利而過，小朋友拍手！

看了這一幕，女老師有感而發，她告訴小朋友：「先他後我，多禮讓，凡事為他人設身處地地想，不自私，就能擁有一片祥和！」

女老師問小朋友：「退一步怎樣？」

小朋友回答：「海闊天空！」

女老師：「答對了，小朋友很棒！」

那位有一點凡事只為自己想的小朋友，恍然大悟！從此，改變許多，做起事來，會設身處地為他人想，不再那麼自私了！

小孩子懂！

大人呢？

心情故事

一、車庫前勿停車

文友將車子停於車庫內，拉下鐵捲門後，上面註有：「車庫前勿停車」的字樣，期望君子自重。

連續兩次，他那罹病的父親，身體微恙，急需送醫，車堵出口，另覓了交通工具。

一次，血壓飆高，危急狀況，擔憂不已，望自家轎車興嘆！

幸好，嚷來了救護車，轉危為安。堵車庫的人，怎麼沒想到，自己的方便，卻造成了他人的不便，人命關天的時刻，遲送醫院一分鐘，生命有消失的可能，豈能不慎？

放眼而望，自私的人，永遠只想到自己。

為自己想時，也為別人想一下！

現今，許多行有餘力者，紛紛投入志工的行列，更有夫妻檔，化小愛為大愛，為家庭犧牲、為社會奉獻，給兒女做了典範，相形之下，自私之人，怎不汗顏？

二、分享

沿著廟旁，漫步原野，綠蔭片片！

順著小路往上走，遠遠就看到主人用心地除草、澆水，那一株株的果樹與農作，迎風搖曳，生的氣息，展露無遺！

定睛一看，主人正在一種叫「肉豆」的植物上，輕輕灑水，據他透露，這路邊處，沿途而種，待他日長成，將廣結善緣，供路人採擷食用，細切炒肉絲，清爽可口！

古有「路邊奉茶」，今有「肉豆結緣」，均是愛與善的表現！

心存善念、福報連連，這一家多兄弟，在工作崗位上，戮力以赴，均有不錯的表現！

三、早點

這對賣早點的夫妻，返金多時，憑藉一技之長，經營早餐店。

天未曉，起床做早點，夫妻與兒女，同心協力，由水煎包、豆漿，慢慢擴充，紅茶、奶茶、小籠包、蔥油餅、蛋餅……，在村落一隅，服務來往的過客！

生意愈做愈好，遠近馳名，許多人聞名而至，這村落一角，熱絡起來！冬天，忍受凜冽的寒風，夏日，則揮汗如雨，辛勤地工作，只為兒女的將來，而懂事的兒女們，那念研究所的兒子和甫上大學的女兒，逢假日，也投入了賣早點的行列，這「孝」的表現，夫妻們的辛苦，值得了！

四、擺攤

市場一個小小的攤位，容納了餐車、桌椅，她擺起攤位來了！台籍的她，賣著台灣口味，米粉、冬粉、肉燥飯、肉羹麵、綜合滷味……，第一天，她嘗試煮半桶，銷售不錯，第二天，她慢慢加量，儘管有人不看好她，但她仍然全力以赴，所有的流言，就在每日結算時刻，被推翻了，她告訴我，每日的營業額，從一千多到三千多，均有之！

第一個禮拜，有壓力，她失眠、消瘦，漸漸地，她已習慣這樣的生活，身上的肉，又慢慢長回來，滔滔不絕地對談，看她對未來，懷抱信心、充滿希望！

前者「早點」、後者「擺攤」，兩個類似的真實故事，都是創業有成的例子。

五、解讀

對於事物的「解讀」，每人思考不同，尤以層次的思維，見解各有差異！

一篇作品的完成，是作者嘔心瀝血的結晶，而讀者在閱讀之餘，能提供意見，作者求之不得，然而，遇到「智識」未開，扭曲原意，進而破口大罵，除浸染了難過的心情，也想嘮叨兩句，多充實自我，免「解讀」錯誤，留下笑柄！

為文者，週遭事物的陳述，無論寫情寫景，在於寫實，縱然多一些正面，但擇優而寫，世界早已和平，何來紛爭？

三姑六婆話太多，與其吃飽閒閒，挑是非、道長短，不如為社會盡微薄力量、為子孫多積陰德！

「解讀」不得體，害人害己，事物的解析辯答，聽聽原創者的剖析，法治的社會，不容穢言穢語、口出威脅！

作者的筆珠轉動，不畏強權與利誘，當自己的主人、寫該寫的事物，世界之大、題材之多，綁不了作者的手！

六、心情

近一個月的無心思考，恍恍惚惚的，情緒幾近崩潰，眼前的螢幕，如冒金星；手上的鍵盤，無力點按，思維困我，文學漸遠！

狼狽不堪的思緒，試圖振作也無力！

知我心的他，花了不少時間，每日來電慰勉，要我啟開電腦，別荒廢！

一次又一次、一回又一回，腦袋空空、思考紊亂，告訴了他，此刻的情景，除了煩、還是煩！

一個晚上，就能完成一篇作品的他，散文、小說、評論家……，每個角色，都扮演得恰到好處，二十餘本的著作，叫好又叫座，我跟他說：「別費力了，我是那樣地不堪一擊！」

他回我：「一路走來，妳關關難過，關關過，我對妳有信心！」

對一個人，期望越高，失望也越大，要他別費心力，我已無藥可救，但他仍舊不放棄，仍然每日來電加油打氣。面對這樣一個給我力量和勇氣的人，豈能辜負？

收拾起疲憊的心，再次啟開電腦，此刻，我竟文思泉湧，原來，他加持了我，在不知不覺中，又遨遊於文字間，走入了美美的世界！

七、戀愛

從不知戀愛何味的他倆，相知相惜，迸出了愛的火花！
幾十年來，他第一次遇到柔情似水的女人，她說：「男人是天，女人是地！」
她給了他男人的尊嚴，他感動、窩心，輕輕地牽起了她的手，輕柔撫觸！
兩人世界，就此展開，他疼她、愛她，他要給她幸福，彼此擁著甜膩的感覺，他許她一個長長久久的未來。
愛，滋潤著她！
他喜歡她的心地善良，也愛她的典雅妝扮，他對她，千般寵愛、萬般憐惜！
他擁著她、擁著愛，擁著幸福、歡樂與美滿！

八、分手

現實的環境，無法相愛的兩人，心底各有苦楚！
郎有情、妹有意，但相知、相戀，卻無能相守！

他的家人不喜歡她，她膽怯於未來！
她要一個圓滿的家，他不能給她！
心痛的兩人，在情海邊緣掙扎；糾結的苦，又是另一個痛！
月老為他倆牽紅線，卻是一樁孽緣！
夢難圓，相愛無用，徒增淒涼景象！
註定要分手，何須強留？
相擁痛楚，別後痛苦！
命運捉弄，難分難捨的兩人，情關難過！
生不逢時，願來生攜手共度！

九、情殤

心沉沉、淚潸潸，悽愴情路難過關！
滴米未進、顏面瘦削，坎坷情路衣漸寬！
頭昏昏、身無力，窗簾遮掩無人看，手拉線，圍頸一圈又一圈！

深呼吸，使了力氣，圍繞的頸線越來越緊！
頭皮逐漸發麻，心口呼吸困難，一陣暈眩，世界即將走遠！
她要在另一個國度，庇祐著他，她要他長命百歲、她要他健康快樂！
有緣無份的戀情，不該讓它發生，她的心，一痛、再痛！
不願傷害任何人，她，惟有傷害自己，她知道，只要她消失，世界就和平了！
愛，不能如願！
但，深深眷戀！

十、父與女

一個沒學識的父親，辛勤耕耘，擁著一片天！
他含辛茹苦地將孩子，一個個拉拔長大，環境的考量，文憑無能如願，自己的缺憾，不願出現下一代身上，他勒緊褲帶，山珍海味，離他遙遠，節衣縮食，心中念、腦中想，儘是孩子的未來。

女兒大了，擁著高人一等的學歷，圓了父親少年時候的遺憾，此刻，該是懷抱感恩、父女情感深一層，然而，學歷真的不代表一切，未能學以致用的她，讓父親柔腸寸斷！

某日，她的父親與一名女文友，坐在電腦前面，透著螢幕，聚精會神地鑽研文稿，外出歸來的她，目睹此景，醋罈子打翻，待客之道沒禮貌，指責父親不該與女子坐得如此相近！

螢幕閱覽，不坐到電腦前面，如何能看？

品德修養與學歷高低，不一定畫上等號！

為人子女，盡孝道，天經地義，一顆真誠的心，為父者，如獲甘泉，而「監督」，令人汗顏！

與人交往，在於交心，知己好友相見，關懷些許，友情長繫，當不友善的目光顯現，被視為「禁地」的所在，再也無人敢踏入，女兒，何苦為難父親？

身處他鄉的女兒，可曾想過父親的心酸？他一路走來，樸實無華，身上聞不到一絲銅臭味，不貪圖物質享受的他，需要的是親情的關懷、友情的滋潤呀！

女兒呀，妳怎麼忍心傷他？難道妳，翅膀已硬，飛得遙遠，都不回頭看看，細看那白髮蒼蒼的老人，妳要他孤寂一生、一個知己也無望？

為什麼不幫我帶小孩

家住台灣，夫妻離異的他，帶著孩子，來到金門，與親人租屋而居，某晚，他臉茫腳蹌地問我：「三年前，千萬個拜託，請妳幫我帶小孩，為什麼不肯？」

沉思半晌，確有此事，我自己有四個孩子要帶，期望用心地陪他們成長，所以心無旁騖。

「看妳帶孩子的方式很讚賞，怎麼說，妳就是不幫忙！」

「我帶孩子，會打會罵！」

「這樣才好！」

「你自己也可以教啊！」

「我是個大老粗，叫我帶小孩，怎麼會？」

「大人做選擇，為孩子考量，你沒有考慮清楚，或許，讓她留在媽媽身邊會好一點。」

「我的小孩，就因妳，不幫這個忙，現在變成這樣……。」

「除了我之外，這裡還有很多媽媽呀！可以找她們。」

「我就屬意妳！拜託一下，三年前拒絕，三年後，妳的孩子都上學了，幫幫我吧！」

「愛莫能助呀！」衡量自身狀況，沒有賺褓姆錢的命，但旁觀者清，「其實，你的孩子很聰明，只是你比較沒時間陪伴她，但近來的觀察，她的週遭，有很多人關心與照顧，她進步很多。」

「妳很討厭！」他朝我走來，雙手在面前比畫。

「君子動口不動手！」我對著他說。

他張大了眼睛說：「我有很多故事，可以提供給妳，我跟妳講過很多次，請妳寫我，妳就是不肯寫。」

「不是每個人來找，我都有靈感，如果真要寫，期望你百尺竿頭、更進一步後，再寫你的奮鬥史！」

「我現在就有很多故事。」他說。

「實在下不了筆！」我說。

「妳可以寫我努力做工程！」

「你是很努力，但不夠用心！」

他知道我意有所指，愧疚地說：「我自己覺得很對不起妳，就是房子沒把妳處理好！」

三年前，房子整修，很信任地交給他處理，事前的估價全免，只為一句「工程圓滿、不會多算！」連油漆工也讓他找，口頭承諾的防水沒做，而油漆工的師傅和徒弟，工資每日一算，價格一樣，帶來的數桶白色油漆，顆粒滿布，找我拿了工作手套，慢慢過濾，浪費許多時間，油漆桶則是擅自做人情、送給了人，工程完畢，但不算圓滿，仍舊照價付錢，外加點心、正餐，臨行前，用剩的東西，全數帶走，當算帳時，不是「包工」，而是「日計」，師傅與徒弟的工資相同，數日來，煙、酒、檳榔不離身，監督的結果，一天大概只做半天的工作，當提出異議，欄杆未漆、脫落未補時，應允做到滿意為止，但錢付得快，卻只聞樓梯響，不見來補強！以誠相待，徒嘆奈何？

「妳還在生氣？」他問我。

「事情過去就算了！」自認倒楣。

「妳不生氣了，喔，耶！」他手舞足蹈。

「在社會上立足，講究的是誠信，而交友，寧缺勿濫，給你一個建議，合作對象要慎選。」見他有一點醉意，勸他早早休息去。

他仍然說著：「我以前有很多故事……。」

「很多故事」，很佔版面耶！不問他的過去，但看他來金後的表現，捨棄他的菸、酒、檳榔……不談，工作表現的確拼勁十足！但為提振精神，許多我們覺得不良的嗜好，勸他少沾為妙，趁著年輕，多多打拼，為孩子的將來，立下良好的基礎。

拉下了鐵捲門，告訴屋外的他：「加油！」

女人話題

一

唸藥學系的他，一次學校聯誼，與小他兩歲的學妹一見鍾情，天雷勾動地火，愛戀不倦的肌膚之親，晃眼八年！

大學畢業後，在陸軍服務，當了一年十個月的預官，一次海防查哨，騎乘機車，在凜冽的寒風裡，路崎嶇，身抖襟，經過一處小水溝，車身倒、人驚悸、慌忙之下，使勁用手撐，右手的手臂內側，兩根骨頭，尺骨和橈骨，沒有商量的餘地，說斷就斷！

驚嚇多於疼痛的他，於營區，士兵手搖電話，嚷來了救護車，約三十分鐘車程，抵達醫院後，開刀清傷口，很痛！但他，男兒有淚不輕彈，男子漢大丈夫，不哭就是不哭！

傷口縫合，勾勒出長長的線條，橫直有序，軍中的一段插曲，讓他一番感觸，大難不死、心情不錯，但很倒楣！

退伍後，報考醫學系，繼續深造，他認為，藥學與醫學，息息相關，年少輕狂，第一次較慵懶，第二次用功唸，皇天不負苦心人，如願穿白袍、當醫生。

與學妹的情愛歲月，日益增長，當摯愛的父親臥病在床，罹肺癌，癌細胞的擴散，苦撐半年，預知的天人永隔、那悽愴的景象，即將上演，三個兒子，結婚兩個，為求圓滿、人生無缺憾，攜手走紅毯。

洞房花燭夜，燈光美、氣氛佳，嬌羞的新娘，赤裸眼前，甜如蜜地倆人，膩在一起，由月光到太陽，廝守一生永不變！

圓，一張結婚證書，他的父親含笑九泉！

婚後，他在醫院上班，大學畢業的妻子，則在家中帶小孩，每月的收入，那存款簿與提款卡，交由妻子保管，人給了她、心給了她、錢也給了她，對她疼愛有加！

不捨妻女的留金歲月，逢休假，歸心似箭，小別勝新婚！

結婚十二年，再加戀愛八年，二十年的共度歲月，相知相惜，目前有兩個女兒的他，好先生、好爸爸！

每天如陀螺般的轉動，忙完了醫院的工作，下了班，又在家庭與補習班之間奔波，忙著接送女兒。長久以來，他總是自我犧牲，把最好的給妻女！

很累，但他甘之如飴！

寒玉的話：職業與家庭兼顧，辛苦你了！

二

夫妻不同床共枕！

每回吵架，少則三天、多則半月不說話。

熱戀的男女，走入了結婚禮堂，攜手共度一生。

婚前、婚後，情景不一樣！婚前的兩人世界，無負擔；婚後的柴、米、油、鹽、醬、醋、茶，擾人煩，孕育了兒女，大人更忙得不像樣！

他每天上班，忙得暈頭轉向，家中的一切，交由妻子打點，妻子有錢有閒，但要她帶孩子，嫌操煩！

她每天喊忙、喊累！

他努力安撫，下了班，為減輕她的負擔與怨言，凡事一肩挑、累死也甘願！

放假了，國內、國外任她遨遊，只要換她一個笑！

她還是不滿意，雞蛋裡面挑骨頭，一腳踢，踢出房門口，他無奈，每晚書房當臥房，數年如一日！

忍氣吞聲的丈夫，日日夜夜年年過，他思索許久，當年怎會看上她？這自私的女人，究竟哪一點好？

寒玉的話：疼某大丈夫的好男人，委屈你了！

三

他在宜蘭外海賞景，忘了與她的約定！

三月，他失約了！

八月，他又失約了！

她苦苦等候，撥了一通電話問原由：「你是不是變老、變醜了，不敢來見我？」

他未回應，立刻掛她電話。

她又撥了第二通，他接了，告訴她：「我在宜蘭外海。」

「你為什麼掛我電話？」她急切地問。

「妳說什麼電話？我聽不清楚！」海浪陣陣，他繼續說：「妳聽到我的聲音嗎？」

她跟他講了很久，他沒回應，只淡淡地說：「怎麼沒有聲音？」

夜晚了，她又撥電話給他，他沒接，她胸口一陣痛！

半小時後，她再撥，他接了，但沒講話；她清楚地聽見他和另一個女人的聲音，他在安慰另一個女人，原來，他身邊有別的女人，她怨海浪沒將他捲走、大海沒將他淹沒，她恨鯨魚沒將他吞噬，她整整聽了十分鐘，接著，一陣暈眩，她倒了下去！

醒來時，已在床上躺著，軟軟的身軀，無力坐起，她的眼角尚有未乾的淚痕！

那個一直被拒於門外，卻默默守候在身旁的男人，憐惜地看著她，輕輕地解開了她的鈕釦！

她無力拒絕，冷感的她，將他的影像，附著在身旁男人的軀體，很快有了反應……。

隔天，他告訴她，昨日去玩水，手機掉到水裡，收訊不良，今天已換了可以照相的新手機。

她單刀直入的問他：「你外面是不是有女人？」

他回答：「妳要談這個，我不跟妳講了，拜拜！」隨即掛了電話，留下了令她想像的空間。

她的心又一陣痛，這可愛又可恨的男人，怎能這般？

自從他出現後，她將心思放在他的身上，她想擁有他，不要他被其他女人擁有呀！

寒玉的話：天上的星星，遙遠而不確實際！

四

她有一樁解不開的結，找他幫忙解，晚上了，她不管他睡了沒？

這把鎖的密碼，他細心的解開了它，一個步驟、一個步驟，慢慢地來！

她專心凝聽，依他教導的方法，一一照做。

果然，這樁解不開的結，輕而易舉地解開，她對他崇拜的不得了！

她拿他當偶像，先是有著一絲絲的喜歡，然後，她渴盼擁有他，她要裡裡外外的將他看個透徹！

常常不經意間，胸口有著一股無形的壓迫感，日與繼夜的侵襲著她，使她難過！

她知道壓迫感形成的原因，如同鎖的密碼，只要解開它，就沒事了！

她，還是解不開。

她很清楚，要他來解！

寒玉的話：有點勇氣，開口告訴他，別造成終身遺憾！

五

她有一件無法處理的事，找他幫忙，她千叮嚀、萬囑咐，要他照她的意思去辦，他答應了，她放心地將任務交給他。

他辦好了，她憤懣地罵了他三天三夜！

他弄巧成拙！

她罵他「死男人！」

他嘻皮笑臉！

她叫他「去死！」

他還是一臉笑嘻嘻！

她氣得想在他的身上狠狠咬一口，留下烙印，讓他一輩子記得，他的辦事不利，她有多生氣！

她要他記得，她很生氣！

他說：「好好！」

她要他記得，她會找他算帳！

他說：「好好！」

無論她說了什麼或罵了什麼？

他都回答好！

「好你的頭！」她氣得說不出話來。

寒玉的話：他故意逗妳的，別生氣了，氣壞了身體，還有力氣咬他嗎？

六

寫信的人，已經越來越少了！

她在生日那天，收到他的來信！

她寄給他的電話費，被他退了回來，裡面夾帶一封信，他認為朋友之間，不該分這麼清楚。

她很驚訝，接著，一陣窩心！

他告訴她，會再寫給她，縱然他，錯字百出，她一樣擁著幸福的感覺。

郵差來時，她探頭，一次又一次的失望，一次又一次的失落！

她撥了電話給他，問他原因？

他告訴她，工作太忙，要她等，他一定會抽空寫給她。
她又等了，好久好久，郵差來了又去、去了又來，希望再次落空！
她從天堂掉到地獄，掩面而泣！
他騙了她，她不相信他會這樣待她！
但事實如此！
她還在等他！
寒玉的話：傻女人，別再等了，夢醒吧！

七

等了他很久，電話不接、留言不回，她很失望！
認識兩年多了，他的好，她一頭栽！
每天，電話聊心事，也聊情事！
最私密的事，她都告訴他了！
電話斷了，她沒打，他也會打！

一來一往，她越陷越深！

有天，他電話突然不接，她連撥數次，不是語音信箱，就是沒回應，她急得哭了！

她按下「#」字鍵，留了話，問他原因，他仍舊沒回應！

她上網，找尋他上班的地方，覓到了辦公室的電話，打給了他。

他告訴她，下了班，電話沒放身邊、手機沒電了、正在開會不能接……。

她信以為真，輕易地原諒了他！

親密如情人，繼續聊情事！

她終於發現，他不屬於她！

周旋在他身邊的女子，不計其數！

她失望、懊惱、悔恨！

曾經心動的男人，再也沒給她電話！

付出情感的女人，收斂起熱情，正在治癒傷痛！

寒玉的話：不屬於妳的，別勉強，把心思放在別的地方。

八

她想分房，丈夫不肯！
有天，她泌尿道感染，懷疑是行房的後遺症？
她找了專家，敘述難過！
專家：「除了體質關係，女人的尿路比較短，容易受感染，這和衛生習慣有關係。」
女人：「我很愛乾淨的，小便也由前往後擦！」
專家：「妳的衛生概念正確，但感染不一定跟行房有關。」
踟躕許久，她說出心中話：「我的興趣缺缺，想藉此擁有自己的房間！」
專家：「中年的妳，怎會有這種念頭？」
女人：「三十如狼、四十如虎，在我身上，印證不到！」
專家：「妳有什麼難言之隱？」
女人：「我不耐操！」
專家：「這種私密的問題，夫妻間可以溝通的。」
女人：「就是溝通不了，才找妳求教！」

專家：「我也不耐操呀！現在正跟另一半在溝通之中。」

寒玉的話：求人不如求己，自己的問題，自己解決！

九

當醫生宣布她「子宮頸癌」末期，她的情緒低落！

年紀輕輕的她，情何以堪？

千愁萬緒，如何度過這痛苦的歲月？

她有了重大的決定，一人生病、獨自承受，她不拖累家人，終於，她下定決心，死意堅決地，揮刀而砍，手腕、頸部，那深深的刀痕，深深的痛楚，頸部的動脈，微微跳，血流如注，不忍卒睹！

虛脫的身軀，輸入了許多血液，挽回了一條命，但爾後的歲月，她怎過？治癒的過程，又是一次傷痛！

小小的傷風感冒，都讓人難過萬分！何況是癌症末期的病人，身體的疼痛與心理的掙扎！她，求生不能、求死不得！

除了呼籲婦女朋友們，定期做「子宮頸抹片檢查」，早期發現、早期治療。更期望醫界，醫者父母心，當發現病人有重大疾病時，能委婉說明，使病人有存活的勇氣，終究，生命是如此的脆弱，除非萬不得已，沒人願意走上這條自殺的路！

某些將走的病人，歸鄉等日子，奇蹟似的復活，那歌功頌德的模樣，顏面如牆壁厚！少一些錦上添花、多一些雪中送炭。

寒玉的話：年輕女子，我的年齡和妳相近，數年來，每當醫生宣布我有任何病症時，無論診斷真偽，我也很難過，但靠的是意志力在過日子，想想妳的家人，他們不願意妳就這樣離開，加油，努力走下去，走到人生的終點站，別再做傻事了！

十

他花了好幾個鐘頭的時間，企圖挽救一樁婚姻，問他始末？

結婚十幾年的夫妻，丈夫嗜賭如命，妻子含辛茹苦地拉拔孩子長大，某天，丈夫病了，妻子仍舊無怨無悔的幫他把屎把尿，他覺得自己不行了，懷疑妻子紅杏出牆，而自己仍然拄著枴杖，那邊有賭那邊晃，妻子忍無可忍，訴請離婚，但丈夫不肯！

他幾經協調，期望他倆重修舊好！

「有家暴嗎？」我問。

「嗯！」他答。

「抓姦在床，有嗎？」我問。

「沒有。」他答。

「雙方各執一詞，可有根據？」我問。

「女的講的是事實，男的懷疑老婆給他戴綠帽子，則無證據顯示。」他答。

答案出來了，我告訴他：「已無挽救的地步，就讓他們離了吧！」

「妳以前不是勸和不勸離的嗎？」他問。

「傳統裡的勸和不勸離，毀了很多人的幸福，離與不離，因人而異。」我答。

「為什麼？」他問。

「這種情形，我曾遇過。我也是抱著勸和不勸離的心態，我勸他倆夫妻為孩子設想，聽進去了，但問題一直存在，我承受著良心的譴責……。」我陳述經過。

「我跟他們溝通很久，無效！」他無奈地說。

「與其在一起痛苦，不如各覓天空，緣已盡，強留只會增加更多的摩擦！」我說。

緣盡情了，好聚好散！

寒玉的話：孩子的撫養權及贍養費，有勞他主持公道了！

十一

這麼漂亮的一個女人，這朵家花居然比不上野花？

丈夫趁她不在，偷偷將女人帶回家，好幾年了，她癡癡地等他回頭！

偷腥已久，要回首，談何容易？

兩人協議離婚，她什麼都不要，動產與不動產，全歸她的丈夫！

拋不下孩子，離了婚的女人，繼續當奶媽！

她的丈夫自由了，與那個女人出雙入對！

「妳沒有對不起他，何苦委屈自己？」我問。

「我不想與人共事一夫！」她泛著淚光。

「妳是正宮娘娘，不該就此放棄！」我說。

「在一起徒增痛苦，心不在了，留人也無用！」她說。

「我曾經遇到一個例子，情形跟妳很相近，老婆的處理方式前衛許多，她將老公的財產，全歸到自己的名下，男人口袋沒錢了，要作怪也難！」我說。

「他們有沒有離？」她問。

「正宮娘娘堅持不離，位置坐久了，就是她的！」我說。

寒玉的話：不是每個女人都如此幸運，但試試這種處理方式，挽救婚姻或許有望！

十二

二十幾歲的女孩，開名車、戴鑽戒，不是家裡有錢，而是供人包養！

擁有不錯的職業，也有固定的收入，選擇這條不歸路，拜金女，令人汗顏！

她專釣有錢人，月薪六位數以上收入者，沾上即被纏，獅子大開口，吃好、用好、穿好，用身體換來人生的享受！

不恥的女人，令人唾棄！

無聊的男人，叫人瞪眼！

金屋藏嬌的男人，已有妻室，不是個性不合，就是在水一方，他們有生理需求，她有金錢需要，雙方各取所需！

當精力與錢財耗盡後，她揮揮手，踢到一邊，找尋下一個目標！

她以溫柔多情之姿，誘男人上鉤，需索無度的結果，毀人毀己而不自知，傷風敗俗，做了不良示範！

寒玉的話：年輕的妳，已有一份職業，量入為出，日子也是很好過。

十三

她迫切地想要擁有一個孩子，但堅持不結婚！

「這樣很奇怪！」我問。

「那麼多人在離婚，幹嘛要結婚！」她說。

「那麼多人生小孩，也有很多不孝順的！」我說。

「先懷孕再說吧！」她一付無所謂的樣子。

「別造孽了，單親家庭難過呀！」我說。

「我會讓他擁有最好的！」她說。

「就算妳給他全世界，但他的人生還是缺一角，不完美呀！」勸她深思熟慮。

「有這麼嚴重嗎？」她問。

「不聽勸，妳會後悔！」我肯定地回答。

越來越不懂，怎麼有那麼多新人類，思考新穎、作風大膽，很多單親家庭，步履很坎坷呀！

寒玉的話：深思熟慮、慎重考慮，別傷了無辜的孩子！

十四

老婆體弱多病，老公在外偷腥！

她不能滿足丈夫的需求，日子久了，他往外發展！

她看在眼裡、痛在心裡，夫妻之情，越來越遙遠！

某日，一個熟悉的身影，讓她震驚，她丈夫劈腿的對象，竟是她的親妹妹！

姐妹情深，她不忍責備，視若無睹地，讓他倆繼續遨遊於情海天地！

她想，只要丈夫快活，只要妹妹幸福，肥水不落外人田，她願意睜一隻眼、閉一隻眼！

三人的世界，就此展開！

多年後，她妹妹肚皮爭氣，掙得一男半女，她沒有嫉妒，反心疼妹妹花凋謝！

心胸寬闊的她，數十年如一日，不吵也不鬧！

終於，丈夫與妹妹良心發現，跪地求饒！

她不怪丈夫、不怨妹妹，她只要他倆攜手共度，維持家的完整。

她丈夫辜負了她，她要她丈夫，別再辜負她妹妹！

寒玉的話：世間少見的女人呀，委屈妳了！

十五

她不想生了，要丈夫結紮！

他是個大男人，結紮是女人的事！

經濟不景氣，多生一個，多一項負擔！

妻子：「經歷了懷胎十月及生產的痛，你幫忙分擔，為一勞永逸，你紮了！」

丈夫：「生產順便處理一下，妳效勞！」

妻子：「自私自利的男人呀，以後別碰我！」
丈夫思索片刻：「那，妳算安全期。」
妻子皺眉思考：「我的安全期，一點都不安全！」
丈夫：「服避孕藥好了！」
妻子考慮後：「也不穩啊！吞那麼多藥，想吐啊！」
丈夫：「我去買保險套！」
妻子：「保險套，不一定保險！」
丈夫：「裝避孕器總可以吧？」
妻子：「不適應的人，裝了還是不適應！」
丈夫：「那只有……。」
妻子未等他說完：「少打歪主意，你如果愛我，就自己去醫院處理。」
丈夫：「我是男人耶，叫我做那種事，讓同事和親友知道了，多沒面子呀！」
妻子：「男女平等耶！為什麼受苦受難的，總是女人？」
溝通不良、生活不協調，影響夫妻情感，吵翻天，還是沒有答案！
寒玉的話：兩人都別受皮肉之苦，試試精神相扶持！

十六

離了婚的男人，意志消沉！

離了婚的女人，心胸煩悶！

男人：「別再折磨彼此了！」

女人：「會有今天，是你自己造成的！」

男人：「我們重修舊好？」

女人：「已恢復自由身，不再受羈絆！」

他倆的離異，第三者，不是他有女人，也不是她有男人！

那為什麼要離呢？

父母、家人、三姑六婆！

這世界，就是有太多吃飽太閒的人，見不得人好。

起初，她很忍耐，漸漸習以為常，最後，情緒爆發！

追根究底？

父母：「兒女是自己骨肉，受傷，心會痛；媳婦是別人的小孩，沒有血緣關係，別人的孩子，死不了，就算死了，再娶就有！」

家人：「突然之間，冒出一個外來客，看了刺眼！」
三姑六婆：「這對夫妻太恩愛，想方設法把他們給拆了，以補心中的不平衡！」
男人聽後：「這些事，我怎麼不知道？」
女人：「每次受委曲，才要開口，你都叫我忍耐，說什麼不要跟他們一般見識。」
男人：「讓我彌補先前的過錯，重新來過。」
女人：「覆水難收！」
男人：「再給我一次機會！」
女人：「除非太陽打西邊出來！」
寒玉的話：夫妻沒問題，這樣離了很可惜！

十七

到廟裡拜拜，廟旁有素齋，一婦人熱心指引，好奇心的驅使，排隊等候！
聽聞一前一後的婦人，兩人的對話……。
甲婦：「趕快排隊分便當！」
乙婦：「不是分，是結緣！」

甲婦：「緊來排隊緊來分！」

乙婦：「都跟妳說，不是分，是結緣，聽不懂？」

素齋結緣吃平安，分送便當免付錢！

每個人程度不同，解讀的方式也不一樣，何種說法並不重要，只要了解意思，不必太拘泥於形式！

捧著熱騰騰的素齋，返家後，欲大飽口福，當掀開紙盒的那一霎那，呈現眼前的白飯、高麗菜、豆芽菜、豆乾……，好一個全素啊！沒有肉，我真的吃不下，好想啟開冰箱，切幾片豬肉條，快炒拌一拌！

聽說吃素有益健康，第一次嚐試，吞嚥困難，以後，再也不敢了！

寒玉的話：吃葷不吃素，就別勉強自己呀！

十八

煙、酒、檳榔、女人，毀了他！

辛苦的工作，每月五位數的收入，沒啥盈餘！

抽菸傷肺、喝酒傷肝、嚼檳榔傷口腔，玩女人，錢財耗盡又毀健康！
男未婚、女未嫁，正當交往本應當，然而，特殊女郎溫柔鄉，稍一不慎，前途茫茫！
況且，他有家室，一次朋友應酬，逢場做戲，不小心惹禍！
眼尖的妻子，發現不妙，千呼萬喚，喚不回郎心！
徵信社，求幫忙，張張照片擺眼前。
丈夫不求饒，怪妻子身材不好！
妻子無奈，為家庭，奉獻青春；養兒女，條條皺紋！
理虧的丈夫：「我也不願這樣沾惹，都是被朋友帶壞！」
哀怨的妻子：「定心定性，怎會受外力干擾？」
寒玉的話：如果你是男子漢，敢作敢當，勇於承擔！

十九

兩個老女人，約莫八十歲！
不太熟識的兩人，一上公車，點頭招呼後，聊了起來！

甲婦：「老伴走了！」

乙婦：「阮尪嘛走了！」

甲婦：「年輕人都在台灣，生病的時候請菲傭！」

乙婦：「阮兜的少年耶，攏在上班，嘛請菲傭。」

甲婦：「老伴走了，菲傭回去了，我買衣服和送吃的給她。」

乙婦：「阮尪走的時陣，菲傭討項鍊，阮媳婦一人乎伊一枚金手指。」

甲婦：「厝內剩我一人！」

乙婦：「有空找阮迌迌。」

甲婦：「我很少出門。」

乙婦：「汝厝底叨位？阮去找汝！」

甲婦：「妳要去哪裡找？我一天到晚鐺鐺去！」

寒玉的話：不分年齡層，以誠相待的人，越來越少了！

二十

現在的時間是六月初的晚間八點三十分，那輛黑色的、亮晶晶的轎車，就停在我家門口，車未熄火，駕駛一手握方向盤、一手講電話。

八點五十分的時候，他終於下車了！此時，來了一通電話。哈哈，讀者要聽嗎？

「我們X長換人，現在在X小館聚餐，啊，怎麼那麼靜啊？喔，裡面太吵了，我到外面講電話，我們這邊大概九點多就結束，我十點回家，好不好？好不好啦？」肯定在跟老婆撒嬌。

這位仁兄，您說的那家館子，在金城呀！這邊離金城好遠喲！

接著，仁兄快步走，目標——住家附近的KTV，哎！又一個守候孤燈夜影的女人。

十點了，還沒走啊？最討厭不守信用的人了！

十點四十五分，終於，車燈亮起；有一點擔憂，我家的車子，會不會倒大楣？推門出去，就站在騎樓下觀望，他避開我家的車，緩慢駛離，鬆了一口氣！

接著，停在前面的那部車，就沒那麼幸運了，當他倒車時，車尾碰車頭，發出了聲響——碰！

仁兄不急不徐的理好位置，也沒下車察看，繞著我家屋後，就這樣開走了！迅速地上前，觀看了那部車，車種好，就是耐撞！四十五分鐘的時差，飛機都可以抵達台灣了！

寒玉的話：年輕人，下回開車小心點；還有，別再騙老婆了。

二十一

夫妻口角，三更半夜，妻子一人騎著機車，目標位於小徑的「蘭湖」，夜深人靜陰森森，有些後悔，但倔強的脾氣，出了門，再回頭，面子羞！自尊心甚強的她，委屈腹裡吞，不告訴父母與家人，就這樣，騎著機車繞呀繞、轉呀轉，路經村落，過門而不入，繼續與黑夜為伍！

聽聞，為她捏一把冷汗，治安不好，如此佳麗，梅花傲骨，安全考量，勸她下次再吵時，乾脆回娘家小住，急死另一半，看他以後敢不敢？

某天，她的另一半看到蚊子在走路，告訴她這項訊息，她很懷疑：「蚊子怎麼會走路呢？蚊子用飛的，應該不是用走的！」

她的另一半說她「呆」！解讀蚊子叮咬後，吸了人血，腹部脹脹的，飛不動，所以用走的？！

她到底呆不呆呢？

我思索這個問題與答案，平日看到的蚊子，不是停留就是飛，如果她呆，我也呆呀！

我這沒智慧的媽媽，集合了全家，開了個家庭會議，大兒子搶先發言：「蚊子有六隻腳，牠會飛、也會走！」

二女兒接著表示意見：「螞蟻也有六隻腳，也是用走的。」

我這黃臉婆，每天只會洗衣、燒飯、掃地，這書本的知識，離我太遙遠，要怎麼確定真正的答案呢？

對了，既然大兒子這麼堅持，不如打個電話請示他的老師，電話那頭，傳來甜甜的聲音，我直截了當的問：「請問，蚊子會不會走路？」

兒子的老師要我等一下，待她請教高人後回覆，她的另一半也是老師，還是二女兒的導師呢，夫妻兩人，給了肯定的答案！

寒玉的話：妳呆我也呆，下回找一個比較難的，考倒妳老公，換他「呆」！

二十二

她認識了一個年齡足以當她父親的男人，起初，尊他為長輩，接著，將他當兄長，最後，拿他當情人！

短時間，快速的轉變，連自己都覺得不可思議！她用心思考，怎會如此這般？她有答案了，她尊他為長輩，因為沒了父愛；她將他當兄長，因為他對她，呵護備至；她拿他當情人，因為他懂她的心！

見面了，他每每殷殷關懷，他的貼心，她窩心無比，很想開口告訴他，想當他的情婦！但她說不出口，她怕他不接受！

可悲可憐的女人呀，深深地陷入而不自知！

她喜歡看他多情的眼光、她喜歡聽他柔情的關懷！

她想見他，但他身旁有個如花似玉的妻子，緊緊相隨！

她想撥電話，聽聽聲音也好，又怕打擾！

這個「老男人」，佔據著她的心！

相見，做賊心虛的她，不敢正眼瞧！

離別，增添幾許懷念，愁緒上眉梢。

寒玉的話：情深深、愛深深、緣淺淺！

二十三

分居多年的夫妻，台金兩地！

忠於婚姻的丈夫，忍受孤寂！

妻子不離婚，丈夫莫可奈何，旁人勸他，再覓佳麗，他雖有意願，但一張證書一世情，只要妻子不離異，他絕不尋二女。

旁人：「她不跟你離婚，又不履行同居義務，不必為她守身，你再去娶一個。」

男人：「我們有婚姻關係，一日不離，我就一日不娶。」

旁人：「你也有生理需求，去找女人總可以吧？」

男人：「這種男女關係，不找不會想，一找，就會一直想找。」

旁人：「那就去找啊！」

男人：「會跟你上床，都是為錢！」

旁人：「錢給她呀！」

男人：「越找越有性趣，把錢花完了，以後怎麼辦？」

旁人：「你不要花太多，衡量狀況。」

男人：「我覺得最好的方法，就是不要去想！」

寒玉的話：守身如玉的男子，為你祈禱，老婆早日回到你身邊。

二十四

當母親的，第一任丈夫在的時候，偷偷與外面的男人約會，當丈夫辭世，下葬沒幾天，屍骨未寒，她已迫不及待地找尋第二春，留下前夫的孩子，不聞不問！

與第二任丈夫，又孕育數名孩子，早已忘了以前的兒女！

當他們自力更生，長大成人，子不嫌母醜，想盡辦法與她聯絡，聯絡上了，她堅決不認親，他們失望而返！

狠心的母親，自食苦果，她的女兒，步入她的後塵，結婚、生子、離婚、同居……，她的兒子犯案連連，警方在她家的屋宇，前後包抄，當戴上手銬的時候，子女不教，父母之過，但狠心的母親，依舊大搖大擺，面無愧色！

平日說話，比誰都大聲！東家說話、西家傳，但從未考慮自身過往與現在的一身汙穢！

寒玉的話：為了後代子孫，別一錯再錯，該為與不該為，認清方向與目標。

二十五

阿婆種了一些南瓜，瓜藤遍地，瓜兒萬頭鑽動，每天細數，心頭滿足！

某日，發現瓜兒長腳不見，不捨之情油然而生，看她每日辛勤澆水、施肥與除草，心疼的老人家，怎堪竊賊不勞而獲！

再次，那紫綠色的地瓜葉，又是阿婆的心血結晶，她又發現有人摘取，很謹慎地抓賊！

有天，阿婆的鄰居告訴我：「那個阿婆跟我說，太太呀，地瓜葉不能這樣摘呀，我回答她說嗯嗯！」

「要吃自己買啦，幹嘛摘人家的！」不告而取謂之賊，就是不對的行為！

「又不是我摘的，是她的一個親戚！」她說。

「那妳為什麼要承認呢？沒有的事，就要為自己辯駁。」我說。

「她是我的朋友，她說，地瓜葉不摘，會變老，要常摘，葉子才會嫩，本來就是這樣嘛！」她辯駁。

「妳們住海邊呀，管這麼廣，妳們管它嫩不嫩，不是自己的東西，順手拿，就是偷竊的行為。」

「我不能講呀，今天就是看到有人殺人，我也不能講啊！」

「如果是我，我會檢舉，別以為看到殺人放火，躲起來就沒事，說不定下一個受害者就是妳，妳看到人家，人家也看到妳，難保壞人不會殺人滅口！」

「哎喲，妳別嚇我！」

「下回叫妳的朋友，別再做這種事了！」

「我要怎麼跟她說？」

「靠妳的智慧了！」看了她一眼，有些話不得不說：「我親眼目睹，妳摘了幾次！」

「我起個大早下手，也被妳看到了！」她很驚訝。

「若要人不知，除非己莫為！我可是早起的鳥兒。」

「這也不能怪我呀，我有幫她澆水，每次洗菜的水，都嘛灑在她的菜園。」她理直氣壯。

「人家也沒叫妳澆，既要幫人，就不該求回報，妳這樣做，害了左鄰右舍，被阿婆懷疑，於心何忍呀？」

有人被偷，大家都有嫌疑，揪出害群之馬，還社區祥和、心靈舒暢！

寒玉的話：正義與公理，多一些雞婆，少一些同流！

二十六

她是「新移民女性」，嫁給了一位老榮民，她坦承，嫁給老人家，是為了錢！

她要他的錢，但她保證會侍候他到老。

老榮民很疼惜她，讓她穿金戴銀，金門的街道常有他們的身影，夫唱婦隨的恩愛畫面，令人稱羨！

他常陪她回大陸省親，在大陸，她會買鱉，為他滋補養身，她說他，身強體壯，他讓她幸福！

清晨，他們一起上市場；傍晚，他們一起在鄉野間散步；男的木訥寡言、女的笑容可掬！

相遇，「看妳臉色這麼差，我常回大陸，鱉又不能帶，不然就帶幾隻幫妳補，喝鱉血、吃鱉肉，改善體質，不會病懨懨！」

每回散步，經過車站邊的池塘，看到數十隻、大大小小的烏龜，就想起她的養身方法——不敢喝鱉血、吃鱉肉、就喝鱉湯。

親愛的大陸同胞，我還是不敢到對岸去嘗試耶！

寒玉的話：攜手共度人生，祝你們白首偕老！

二十七

到大陸「包二奶」不是什麼大新聞！

開放小三通後，來去大陸太方便，有人因此捨棄糟糠妻，到對岸尋覓幼齒美眉！

民情風俗與年紀，有的幸運，固定給她生活費，她死心塌地；有的則是跌得鼻青臉腫，錢財散盡，拖著一身疲憊回故里！

妻子怨嘆，丈夫出門如丟掉，回家算撿到，她們更怕，萬一被傳染了病菌，那是夢魘的開始！

提心吊膽的女人，與其擔心，不如給自己信心，由裡而外，徹底改造，沒有一個男人，願意看到身邊的女人，灰頭土臉！

為家庭做犧牲，侍丈夫、撫兒女，傳統女性的本質；在廚房吸油煙的同時，別忘了待自己好一點，有空閒、多充電，丈夫不愛也難！

寒玉的話：金門女人，怎能輸給對岸？姐姐妹妹們，奮起吧！

二十八

基測，台金兩地，大女兒各有志願——護理與資訊，家族中，沒人唸職校，我這當媽的，大膽承擔，要女兒擇其所愛，未來的路，自己掌控！

很高興職校的資訊科有她的名字，一路陪孩子成長的我，自私地做了規劃，唸完資訊、再唸金門技術學院，把根留下；突地，她先前填的志願，馬偕護專以掛號信，寄來了聯合甄選的分發登記通知單，六月二十三號，當場撕榜單。不捨她的離開，這一去要五年，淚眼婆娑的，要她放棄護理，就近唸資訊，談了許久，大女兒語氣堅定，護理是她的第一志願。

心有萬般不捨，孩子的爹勸我，放孩子飛！

我答應了！

孩子的爹開完會，寫了假單，帶著大女兒直奔機場，如願的在半山腰、那關渡校區內的大禮堂，撕下榜單，繳交畢業證書、成績通知單、基本資料，並攜回錄取通知暨報到證明書。

回程，一對盧姓夫婦，熱情地載他們，他家有兩個女兒，開學後，分別就讀一年級和四年級，他們告訴孩子的爹，放心讓大女兒去唸，這是一所管理嚴謹的學校，家長安啦！

大女兒幫弟弟妹妹帶回麥當勞和一些在金門看不到的零嘴；而以前，沒看她做的家事，一夕之間，都會了，她真的長大了！

在我這當媽的眼裡，她還是很小，我陪她開戶、買手機、配眼鏡……。

可是，她會電腦，我不會；她會使用提款卡，我也不會；許多手續，她會辦，我還是不會……。

寒玉的話：再寫下去，媽媽又要哭了，詩涵，加油！

紅杏出牆

天氣熱，頭暈胸口悶，呼吸困難，又逢頸部落枕，這炎炎夏日，難撐呀！

最近真的很煩，加上燥熱的氣溫，又煩惱週遭的事物，當大女兒決定遠赴異鄉求學，放與不放，矛盾掙扎，思索問題，沒好睡過，總覺她還小，但經驗告訴自己，不可綁住孩子的手腳，翅膀硬了，就讓他們飛！

時間越來越逼近，每天早上撕開一張日曆，心就痛一次，大女兒離開我的日子，越來越逼近！

心苦胸痛，食不知味。躲在冷氣房，還是很悶！

上了美容院，洗髮後，按摩霜在頸部推拿數下，再敷上熱毛巾，舒服多了！

走了出來，與另一半兵分兩路，他去賣場，我去街上，購完物後，再手機聯絡會合地點。

走在路上，仍舊沒有好心情，當經過了一處算命攤，眼神一飄，裡頭沒人，心血來潮，就這樣給它走進去，問問看，我到底在煩什麼？要怎樣解憂煩？

道明來意，大師在紅紙上寫我的名字、出生年月日和地址，然後拈香、卜卦，嘴中唸唸有詞後，焚燒金紙，很快有了答案！

大師坐了下來，開門見山地說：「妳的八字很重，命是新婦仔命，這要送人做童養媳的，但現代人生得少，不忍送人！」

「我命這麼壞呀？」很想告訴他，我有八個兄弟姐妹。

「妳呀，鐵帚命、刀剮命，剋妳的父親！」他移動著老花眼鏡說。

講到這裡，我就想哭了，父親的死，原來，「人是我殺的！」

記得三十一歲那年，父親罹癌過世，他斷了最後一口氣，剛好我看到，我幾乎崩潰，哭喊著叫家人，不相信那是事實！而父親生前，好像不太喜歡我，是否早算出我會剋死他呢？

大師繼續說：「妳的第一任尪婿不圓滿！」

「我們的確有摩擦！」我也很委屈呀，每次吵架，不是他有女人，也不是我有男人，都是觀念問題。

「妳以後結婚，凡事要忍耐。」天氣太熱，一台電風扇不夠，他開第二台。

「我已經結婚了！結很久了。」我說。

「妳的第一任，不圓滿！」他再重複一遍。

「這是命中注定的嗎？」我開始緊張，「我的第一任丈夫會是怎樣的結局？是離婚？還是意外？」

結婚後，信守承諾的，答應為夫家延續香火，任務完成，卻因孩子接二連三的身體微恙，長輩責怪沒照顧好而不諒解，「孝子」的另一半，從未幫我說過半句話，只叫我忍耐，忍無可忍，還需再忍！

十幾年過去了，我還再忍耐！心底又嘔又氣：「我只是拜拜和傳宗接代的工具而已！」

終於，情緒爆發，但很理性的和長輩坐下來談：「既然你們不喜歡我，我答應要做的事，全都做到了，任務已完成，我想離開。」

長輩回覆：「隨在汝！」

其實，另一半對我不錯，我也不是非離不可，只是，不願他成為「夾心餅乾」，而且自身體弱，未能善盡服侍之責，願意退讓，不願一張結婚證書，綁他一輩子，要中年的他，另覓年輕女子為伴，但矛盾心態，欲走還留，而用了一點心思，「我要帶走四個小孩！」想說，此話一出，曾經抱孫心切的他們，會慰留些許。

答案很令人失望，還是那句話：「隨在汝！」

回到了自己的窩，在長輩面前大氣不敢吭一聲，只敢放馬後炮的小媳婦，憤憤難平，這個「死男人」，讓他睡了十幾年，受委曲了，他氣都不吭一聲！

我要他簽字，不再貪婪這張長期飯票，我什麼都不要，動產與不動產，全歸他，我只要四個孩子，他（她）們是我搏命生來的，但要照顧孩子，無法上班，請他每月給我兩萬塊生活費，孩子大了，就不用再給，至於我自己，絕不再尋覓第二春，會撐著等孩子長大，他們大了，另一任務完成，我也好走了。

我們談了很久，我承認，當年一念之差，跟父親賭氣，故意找一個完全不認識的人嫁，沒有感情的婚姻，的確經營得很辛苦，但我很努力地扮演為人媳、為人妻、為人母的角色，「心」真的很苦！十幾年來，背負著「不孝女」的罪名，日以繼夜，良心譴責！

另一半堅持不離，他要我死心，這輩子就屬他一人，他說，當年，美容院的一見鍾情，令他難忘，他要守我一輩子。

走過了婚姻低潮期，為了孩子，也為圓滿，答應繼續走下去！

問大師未來，他沒有給我答案，又繼續說：「妳這命格，終身到老，紅杏出牆！」

「我……你說我紅杏出牆？是以後嗎？我會嗎？」婦德何其重要？貞潔可是女人的第二性命。

「妳如果告訴我，妳的肉體沒讓男人碰過，我不相信！」

「我真的沒有！」隨即一想，我都結婚這麼久了，有四個小孩，這樣回答不太對，立刻改口：「有男人碰，那個人是我先生。」

「跟妳睡的，不只妳先生！」他語出驚人，我雞皮疙瘩，莫非，鬼魂碰了我？

「妳雖然四十幾歲，還是很純真，妳要聽我的勸，男人一妻、二妾、三偷，男人對妳好，就是要妳的身體，偶爾有需求，一、兩次就好，不要常常跟男人約會。」

很想跟他吵架，「路癡的我，每次出門都是先生載，從沒跟其他男人單獨出去過。」

「卦中顯示，妳就是紅杏出牆命，妳現在講什麼，我都不會相信。」

我在心中罵他「烏肚番！」理直氣壯地叫他再卜一卦，證實我不是這種女人，也想確定命格是不是真的這麼「騷」？

他沒有再卜，卻告訴我，他們夫妻之間，很不快樂的事，還有找他卜卦的男女，許許多多的故事，最後，男的揮刀，女的慘死，勸我別步入他們的後塵！

感謝他的指點，付了兩百塊，花錢找人鬥嘴，有夠無聊！

臨行前，語氣肯定地告訴他：「我不會紅杏出牆！」順手燒了那一張紅紙，當灰燼輕飛，突然想起，是我八字記錯？還是他卜錯？

素昧平生，何需解釋太多？只因與實際環境相差太遠！

不可否認，在現實生活中，的確遇過有魅力的男人，穩練踏實的模樣，吸引我的目光，但也僅限於多看兩眼、多聊兩句，從不敢忘記自己的身分，嚴格說來，勉強算精神外遇，至於肉體外遇，沒那個本事！

三十如狼、四十如虎，在我身上，印證不到，我可不耐操！

只是，大師為什麼不相信呢？當他追問時，我很明確地告訴他，有知己，彼此關懷，是兄妹之情，他說這世界上，沒有什麼兄妹之情，只有男女之愛，要我立刻撥電話給對方，告訴他，我在飯店等，他說，對方一定會馬上到！

不知道他是不是，劉伯溫再世？我就是沒勇氣撥那通電話！如果他沒來，我魅力不足，沒面子；如果他來了，我也沒勇氣在丈夫以外的男人面前寬衣呀！

想到剛才在美容院，坐在隔鄰的一位小姐，她的體態，是我的一倍，洗髮前的肩頸按摩，她的胸前，波濤起伏，抱在懷中的西施犬，隨著美麗的節奏，沉醉地睡去，我低頭瞧自己，長他人志氣、滅自己威風的，好沒成就感！

自覺身材不好，另一半不嫌棄，就已萬幸，哪敢自不量力地往外發展！

他鐵口直斷地告訴我：「你們會再見面！」

好朋友，當然希望見面話家常，不過，看他拼拼湊湊，時光轉移，我給了他一個難題，「我和他何時會相見？」

「這是天機！」問了也是白問，電視上，天機都是不可洩漏的喔！

他問我對方是誰，現學現賣，學了他的語氣：「無可奉告！」信任的男人，存放心底一角。

他再三警告：「不可雙腳踏雙船，不能同時劈好幾個男人，這是在玩命，有一天被妳先生抓到了，他會拿刀砍死妳！」

一直想不起來，什麼時候劈腿過？

思緒拉回過往，神機妙算的大師果然厲害！我除了和先生同床共枕，也和大兒子、小兒子擁被入眠，還跟哥倆玩親親呢，嗅聞嬰兒身上，散發出陣陣的體香，欲罷不能呀！

返程，坐上另一半的車，一臉氣鼓鼓，將方才自討沒趣的無聊事告訴他，這沒情調的男人，不懂安慰也就算了，還吐槽：「妳喔，連我都侍候不好了，還紅杏出牆！」

都怪自己身體太虛，下輩子，一定要好好調養！如果真有這種命格，當起皇太后，吸陽補陰，駐顏永存啊！

車上，我問另一半：「那個大師說，有一天，你會拿刀砍死我吔！你會不會呀？」

「我看，是我被妳砍死吧？想太多！」

「那個大師說，第一任丈夫不圓滿，可是，都讓你睡這麼久了，突然間換人，還真不適應，乾脆，我們離婚再結婚？」

「用那個手續費，全家飽餐一頓吧！」他還真實際。

「那個大師說，劈腿一、兩次沒關係，我可以出去呼吸新鮮空氣嗎？」在家從父、出嫁從夫，凡事都要經過他同意。

「今晚，我這關過了再說！」

今夜，希望靈感多多，不用上床睡覺，我可以守著電腦到天亮！

路邊的人物

一

一只磅秤，秤其重量，觀人心胸，有否坦蕩？

買賣雙方，錙銖必較的時刻，今日搶人分毫、明日故技重施，一次又一次、一回又一回，主顧再也不見了！

「買賣算分，相請無論」，價碼談妥，斤兩切實際，不該有投機取巧的心態，抱著多賺一毛是一毛，久而久之，再好的主雇關係，亦會變質。

二

村落只要有個「擴音器」，某家有人吐一口痰，這隻鵝，吐得又肥又大，都會傳聲遠遠！

不切實際的謠傳，毀人聲譽、毀己人格！
說話之前，細細考量，切莫無中生有，陶醉在幻想之中，而惹人反感。
自以為是，見不得人好的鼠肚雞腸，處處可見，這些心存雜質之輩，該滌濾心靈了。

三

敢說敢做，就要敢承擔！
「豎仔」，只敢在背後說大話，講了這家，又說那家。
當兩家人產生誤解，摩擦連連，他（她）躲在角落，搗嘴竊笑。
樂此不疲的結果，傷人傷己！
他（她）會告訴東家：「對西家嘴唇皮相款待，那個人不是好東西！」
他（她）也會告訴西家：「對東家嘴唇皮相款待，那個人不是好東西！」
有朝一日，陰謀曝光，不敢承擔，仍舊躲在角落；此際，不是搗嘴竊笑，而是過街老鼠！

四

公器私用，顯露人格缺陷。

「吃蒽開肉帳」，將眾人的利益，中飽私囊，假愛心之名、行斂財之實，最是可惡！

行善最樂，有餘力，造福人群，為自己積陰德、為子孫留榜樣。但行跡可疑、行為偏頗，就得省思一番。

放眼而望，這樣的人，存在你我的身旁，聰明的你，選擇「烏鴉一般黑」？跟著他，吃香喝辣，還是自視清高、離他遠遠？

五

「頭銜」，因人而異！

汲汲於名利的追求，頭銜越多越好，相遞名片的時刻，臉上多了一道光芒。

虛構的頭銜，只是自我安慰一番，起不了啥作用。

有能力、真正想造福人群，哪需要這些名堂？

名片上，滿滿的字樣，看得眼花撩亂！

深究下，條條的頭銜，原是虛晃一場！
黑白、彩色，任君選；你來、我往，比頭銜！

六

知足最樂！
有飯吃就好，別老是想讓政府養。
社會福利，慢慢釋放，人人想分一杯羹。
錢要花在刀口上，幫助需要幫助的人。然而，某些投機份子，覬覦這天上掉下來的禮物，明明豐衣足食，卻成天叫窮，「哭爹喊娘」為銀兩，當所得稅一攤，瞞天過海的伎倆被識穿，原是一個「貪」！
靠自己的實力，得來的果實較甜蜜，何苦為那身外之物，如無頭蒼蠅亂竄！
外頭有人包辦，專向政府「要錢」，一傳十、十傳百，雷聲大、雨點小！
真有那麼好康嗎？
老人家，不可不慎呀！

七

要啥東西自己買，順手牽羊多難看！

許許多多的活動，總見許許多多的人，手中一個環保袋，「見（件）好就收」，完全無視於後面有多少人，正揮汗如雨，照規矩、排隊等候。

任何活動，總有熱心參與的群眾，戮力以赴。

投機份子，裡裡外外繞一圈，看到什麼，順手一拿，就是自己的！

江山易改、本性難移，到了店家亦一樣，東摸摸、西瞧瞧，伺機下手，拿到賺到？

聰明的商家，小至四面牆壁多鏡子，大至監視器照著你（妳），身影「全多錄」。

法網恢恢、疏而不漏，人生有汙點，走路如何抬頭挺胸？

八

喜歡「當官」的人，沾上小官邊緣，都會耀武揚威一番！

時機庇蔭，生得逢時，一個小差事，有人小心翼翼地捧在手心上，擔憂飯碗破，不敢懈怠。

反觀，稍沾邊緣，目中無人，以為世界上，只有自己一人在當官，那耀武揚威的模樣，令人作嘔。

一個小小的名堂，不多不少的津貼，說話嘴角生泡沫、走路威風如螃蟹！搞小團體，仗勢欺人，擺明了「順我者昌、逆我者亡」，動不動，搧風點火，掛在嘴邊的，均是沒道德的話，且愛興風作浪、找人算帳！

須知，看人礙眼，無事找事，喜歡隔岸觀火，見不得人好的心態，將他人鬧得雞犬不寧，不是什麼光彩的事。

雞蛋密密亦有縫，「人小鬼大」的「小官」，該收斂的時候就要收斂，許多雞鳴狗盜之事，當掀開的那一霎那，報應就在不遠處。

九

做生意，各憑本事！

有些人，就不是這樣想，自己生意做不贏人家，輕則背後講閒話，重則演出全武行！

搶客人，不是在嘴上功夫，而是發自內心的待客之道。顧客的眼睛是雪亮的，上一次當，怎會上第二次？

貨比三家不吃虧，當這家客人奔向那家，此際，沒風度的人家，「同行相嫉妒」的戲碼，即刻上演，那可怕的嘴臉，無論彼此的關係如何？鄰居、朋友、親戚，說翻臉，就翻臉，完全沒有轉圜的餘地！

交情沒了、情感破了，從此形同陌路。

東家說西家的壞話，西家挖東家的瘡疤，樂此不疲。

十

住同一條街，對彼此的生活作息，已經夠清楚。

家中唱空城，沒事東晃晃、西晃晃，騎樓底下來閒逛。

自家養蚊子，他人門庭若市眼兒紅，循線索、覓端倪，走過來、繞過去，斜眼看，又不敢正眼瞧，猶如奸臣嘴臉般！

什麼都問、什麼都管，熱心過度，惹人窒息與反感！

親朋好友多，今日拈香、明日送葬，後日接機……，婚喪喜慶，無一缺席，已經夠忙，還要接受質詢，實在太累。

管好家務事，少探人隱私，功德一件！

十一

「調情高手」，沒什麼值得炫耀。
男人玩了多少女人、或女人嘗試多少男人？只是遊戲人間。
真正心靈的伴侶，在於情感專一。
愛炫耀自己擁有多少異性？顯示膚淺的一面，沒智識與沒水平。
身體髮膚，時時珍惜，隨意踐踏，有失理性。
而用身體換來的報酬，縱然金山、銀山，亦無光彩可言。
四處宣揚戰果，手指頭數不夠、再加腳趾頭！
揮灑的青春歲月，老來怎堪回首？
世界大、男女多，能一拍即合，乃「緣」的促成，切莫抱著遊戲人間的心態。

十二

「婆媳不睦」，自古有之！
難相處的兩人，自有強勢者，而受委屈的一方，眼淚往腹吞。

不知內情的「局外人」，實不該胡亂批判。

親眼目睹，有些人目無尊長，卻大言不慚，批評他人的婆媳相處之道。

多少孤獨老人，媳婦擺著好看，老人家自給自足的景象比比皆是。當往生之際，眾目睽睽下，搥胸頓足，演一齣歌仔戲，賺人熱淚！

「龜笑鱉」，高談闊論他人不孝，卻忘了自己才是始作俑者。

說別人之前，先考慮自己。

十三

「義女」！

她沒有女兒，為了百年後的「大鬧熱」，收她為「義女」，對她疼愛有加。

義女忘了自己的身分，從此坐大！她有自己的家，丈夫怕她，她最大！

但是，好大喜功的她，不放過任何一個出鋒頭的機會。

她喜歡炫耀，在親友前面，誇自己走過幾個國家，讚自己多會理家！

眾人豎指稱讚，她「尾椎骨」翹得高高！

這個時代，出國觀光，不是什麼大不了！
井底之蛙，在自己的小井圈裡，繼續炫。
阿諛奉承之輩，歪著嘴角，繼續捧。
到底，誰說了真話？
數年過去了，義女還活在自己編織的夢境裡。
而那些心口不一的人，臉不紅、氣不喘，一遍又一遍地，配合演出。
義女陶醉，他（她）們卻在背後聳肩、吐舌頭。

十四

沒什麼收入的人，口沫橫飛地述說，她的投資多多！
資金從何而來？
三不五時，出現面前，告訴我，她的理財觀！
在她眼裡，我是個沒用的家庭主婦。
她眉飛色舞，在我面前轉了一圈又一圈，那是市面上，限量供應的「精品」！

我不為所動，沒啥了不起。
在我眼裡，身上所穿的路邊攤，比她好看！
知道自己的身分，就別打腫臉、充胖子！
氣球吹太大，亦會破！
偏偏有人愛吹牛。
存款多？
男友多？
細細打量，應該只有口水多！

十五

沒帶過小孩的人，帶了一口「好小孩」？
嬰兒呱呱落地，婆婆、媽媽、褓母，分擔了肩上的責任。
她生過小孩，卻沒帶過小孩。
但她，口裡有很多「媽媽經」！

孩子的成長！

孩子的教養！

孩子的分享！

舉凡，如何帶好一個小孩？她都說得頭頭是道。

但她忘了，自己的孩子，正在危險邊緣游走呢！

懷胎十月的骨肉：

孩子的成長，她不清楚！

孩子的教養，交給政府！

孩子的分享，從何說起？

但她，就是有很多「媽媽經」！

十六

租屋近兩年的她，初來，被流浪貓嚇壞了！

趕不走的貓，走一步、跟一步，或許是「緣」，她漸漸地喜歡牠！

善解人意的貓，聽得懂人話！
她為牠準備食物，牠歡欣鼓舞！
牠不吃飯、亦不吃肉。
沉思許久，原來，牠愛吃魚骨頭。
每天，她精心幫牠準備，小心翼翼地將魚骨頭置於藍白相襯的陶瓷碗。
牠食得津津有味，但又深恐同好爭食，充滿敵意的眼神四面飄！
她蹲下身子，替牠顧好「飯碗」！
兩年來，她與牠維繫著良好關係。
她強調，流浪貓猶如流浪漢，需要溫飽；她會繼續照顧著牠，餵牠魚骨頭。

十七

她有很多女兒，但只有一個兒子。
很遺憾，唯一的兒子，卻是殘疾，住進療養院。
當兒子失蹤的消息傳來，她心急如焚！

生見人、死見屍！
尋覓無蹤！
多年來，兒子生死未卜，她以淚洗面，更期望奇蹟出現。
養兒防老，兒在何處？
苦等多年，七十多歲的年紀，依閭望兒早歸。
誰來幫幫她？
是天？是地？抑或是人？

十八

耳聞外島優渥，二話不說，戶籍遷回，人兒回鍋！
經濟不景氣，頭路不好找，有心人士告訴他，返故鄉，福利多多，免煩惱。
飛機落地，呼吸了新鮮的空氣。
接著，生活是一個難題，覓不著工作，腸子咕嚕咕嚕叫！
他在古厝棲身，房間已倒塌，陪伴他的是一些老舊的傢俱，簡陋的設備，勉強過日子。

他怨嘆，返鄉後，除三節家戶配酒，就屬搭公車免錢，總不能餓著肚子，天天搭車四處繞？

他時而抱怨，為了一張選票，哄他回故里的人，離他遙遠！

他人有難，能力範圍內，盡量幫，三不五時的物品提供、慰問金發放，給他魚吃，不如教他釣魚。

十九

他一百歲了！

人瑞的養生之道，自有一套。

清晨四、五點就起床的他，漱洗完畢後，「甩手功」七大項，每項做一百下。

世代以捕魚和務農維生，雖已一百歲，不忘本，仍舊種些小菜，鍛鍊身體。

三餐清淡，早餐稀飯配醬瓜、中餐白飯綠豆芽、晚餐不忘燙青菜。

兒女已長成，各有事業忙，開心的他，笑起來，眼睛瞇成一直線！

樂觀的人兒，活到一百歲，自有他的一套人生哲學。

二十

睡午覺的他，猛地驚醒！
站立眼前的美女，衣服一掀，波濤洶湧！
揉揉雙眼，「肉彈」已到跟前。
目不轉睛之際，一瓶上千元的健康食品，要你吃得好、睡得好、健康沒煩惱。
平日省吃儉用，此刻，花錢不手軟，一瓶太少、再多買幾瓶。有燒香有保佑、有吃健康食品會長壽，美女當前，又天花亂墜的結果，疊疊鈔票，掏了又掏！
美女還會送張「沙龍照」，電話問安、寫信問好，要他勿忘「影中人」。
下次再來，苦了口袋！
買了又買、吃了又吃，天國召喚，日子不遠！

二十一

夫妻替人作保，識人不清，毀了一生！
對方無誠信，他倆吃悶虧。

債務逼身，無處躲藏，丈夫憤懣遭友欺，燒炭自殺，家庭一朝變色，妻小頓失依靠！

上班的妻子，乃公司多年員工，老闆思慮，與其將她解雇，另請新人，重頭教起，不如留下此一台柱，伸援手，先為她償清債務，再由每月的薪水扣抵。

柳暗花明又一村，明理的婆婆，知道她身處困境，除噓寒問暖，又付諸實際行動，每月匯款給孫兒，保住了「骨血」！

替人作保，別逞一時之快，先認清對方再說。

二十二

她的母親，殘癱病床四年多！

孝順的女兒，來往醫院奔波，數年來，每日不間斷。

儘管醫護人員，隨身侍候，她依舊親臨病榻。

含淚陳述母親對她的愛，而她對母親的孝永無休止。

遠遠的路，不畏天寒、不懼熱陽，趕著一班又一班的公車，只為親情，為那含辛茹苦的母親。

母女情深，她輕輕撫著母親的額頭、緊緊握著母親乾癟的手，聲聲呼喚，要母好轉。
她的母親眨了眨眼，滴下了兩行熱淚！
她幫母親翻背、她幫母親按摩。
她要母親日日好轉、轉危為安！
中等的身材，逐漸消瘦，微凸的腹部已不再！
日日年年，未曾改變。
她，值得讚揚！

二十三

屋簷下，摩擦連連！
兩妯娌，感情生變！
兄弟鬩牆為哪樁？
一為老婆、二為家產。
同是父母生，相互扶持本應當。

有朝一日天色變，風起雲湧，心湖擾波濤！

鴨霸之人，什麼都要贏，什麼都贏，就是贏不了親情。

打虎亦要親兄弟，本是同根生，兄弟，何苦為難兄弟？

有緣才能當妯娌，數十寒暑相照顧，多一個伴，多一份力量。

強勢的一方，總是佔在最高處，要風得風、要雨得雨，呼風喚雨的結果，兩敗俱傷！

懦弱的一方，收拾行囊，離開家鄉。

終於，天地任她遨遊。

手段高明、苦心經營的結果，他（她）的子孫長大成人，無人願意將根留下，紛紛往外移。

淺嘗孤獨的人生，末了，思子、思孫心切，仍然收拾起行囊，遠走他鄉，投靠子孫去了！

屋宇，乃是空空蕩蕩。

早知今日，何必當初？

二十四

清潔馬路很辛苦！
一根竹掃帚，他揮汗如雨地掃著。
初接這份工作，骯髒的馬路，整理起來，格外辛苦。
他花了好些時間，努力打掃，垃圾好多，彷彿掃不完。
他告訴自己，優質環境需用心整理，今日多花一些體力，明日道路會更好。
用心的結果，垃圾不見了、樹葉不見了，一條整潔清幽的道路，呈現眼前。
爾後，勤於保養，每回經過，那條筆直的路，讓人眼睛為之一亮！
舒適的環境，不要只依賴清潔人員。人人愛乾淨，垃圾不亂丟，環境整潔靠你我。

二十五

夜深了，屋外傳來陣陣喧囂聲！
停下指間的鍵盤，推開落地門，探頭察看。

天哪！幾個穿著制服的學生，就在住家附近，旁若無人般地，有的撞球、有的抽菸，有的叫囂！

他們的父母呢？不擔心嗎？

此際，該是沉酣夢鄉的時刻。外頭，夜深露重，著涼了怎辦？

晚了，回家吧！

孩子們，你們的家長，是否正穿梭在大小街頭，找尋你們的蹤跡呢？

別再玩了，真的很晚了。

二十六

一個踐踏親情的人，成就再高，亦等於零！

與外人稱兄道弟、自家人如臨大敵！

他的城府極深，屋裡屋外，判若兩人。

家如旅館，和家人相處，冷若冰霜。來匆匆、去匆匆，無人知道他的行蹤！

對家，一概不管。

走出家門，紳士風度，人人稱羨！
哪家有苦，他噓寒問暖！
哪家有難，他衝鋒陷陣！
一路走來，模範多多！
模範兒童！
模範青年！
模範父親！
模範……。
諸多的模範，滿足了虛榮心。
家人分享了他的喜悅，但，欲哭無淚！

二十七

她說自己是個苦命的女人！
她的前夫，常常對她拳打腳踢，迫不得已，離婚改嫁。

可憐的她，陳述婚姻的暴力！
染燙的捲髮、濃豔的彩妝、性感的穿著、說話鏗鏘有力，看不出苦難曾在她身上發生？
滔滔不絕的言談，連閨房趣事，都敢見陽光，不愧是「現代豪放女」！
閒來沒事，種點小菜自娛，分送鄰人的結果，只為一個「模範」，強迫似地，要別人說她「好」，原來，拿人手短、吃人嘴軟，這有「目的」的付出，不知食用者，有啥感想？
她的聲音總比別人大、她的手段總比別人高。
前段的婚姻，那「家暴」的陳述，言猶在耳。
不知是「他」家暴？
還是「她」家暴？

二十八

飯可以多吃，話不能亂講。
她喜愛道人長短！
一句話、一件事，聽到她的耳裡，經由她的嘴傳送，已變了質。
興風作浪的結果，惹出許多是非！

不敢承擔的她，找了許多的藉口，為自己圓謊。
起初，一問三不知！
當事態嚴重時，她會搬出一套理由，為自己的無知，找藉口，某某話、某某事，均是自娛娛人，開玩笑！
嚴肅的話題，玩笑開不得呀！
自編自導、無中生有，釀就多少遺憾事？
課本裡，有「放羊的孩子」，實際人生，亦有啊！
她（他），存在你我的身邊。

二十九

年齡不是問題，身高不是距離。
相差四十歲的兩人，共結連理！
不被看好的婚姻，維繫良久。
她不分晝夜地侍候著他，不計較他有多老？
三姑六婆，躲在一旁竊笑！

兩人世界樂逍遙，不管他人閒話有多少？頭髮一黑一白、身高一高一矮、體重一胖一瘦，外在不搭軋，心情舒適自在最重要。只要日子過得好，管他長怎樣？總比郎才女貌、雞鳴狗盜，來得自尊高高！這輩子普普通通，心存善念，下輩子加減補償。

三十

無論身在何處？路邊的人物，引領著或多或少的思緒，些許的創作題材，給了許許多多的靈感。

為文者，走到哪、看到哪、寫到哪，有些路邊小人物，看來雖然不怎麼起眼，因為靠自己努力，而擁有一片天，怎不教人肅然起敬！

而有些滿口仁義道德，卻躲在陰暗角落，興風作浪、暗箭傷人，此等人渣，相較之下，豈不汗顏？

寫完了「路邊的人物」，算算字數，新書《女人話題》就在不遠處，期待「鼠年」的來臨，能完成它。

女人悄悄話

一

生之旅，需要他人的了解與關懷，彼此切磋互勵。尤以坎坷人生路，尋得心靈伴侶，領受關懷的可貴！

友誼的滋潤，除同性，亦含異性，只要心態健康，寂寥人生路，一路扶持，有何不可？

年歲相近，未必能相知、相惜，而生活上的小細節，摩擦成性，終有一天，勢必走向路的兩端！

二

美麗，有時也是一種錯誤！

她的美，使另一個她，產生了威脅！

她和她的丈夫是好友！
她怕她搶走了她的丈夫，日以繼夜，監督著她的另一半！
他是個顧家的好男人，一肩挑起了家計，貌美如天仙的妻子，則是享受人生，纖纖玉手不是用來扶持丈夫的事業，而是掌控他的一切。
她的出現，神經質的她，開始疑東疑西，她不要聽她的聲音、亦不要看她的人，她要她的丈夫，離她遠遠！
人生難得逢知音，但擔憂她的幻夢，兩人的友情，漸行漸遠！

三

愛自己的女人，一身名貴！
苛自己的丈夫，傷痕累累！
揮霍無度的女人，遨遊四海，容自己交遊廣闊，視丈夫如栓牛、又似看門狗！
她走過無數個國家，閱歷無數！
丈夫寸步難行，出個門，都要她批可！

每天耳邊碎碎念，他沉默以對，只為愛！
數十年的夫妻，歲歲年年，他承受了多少的苦痛與辛酸？
如此折磨，情何以堪？好男人，繼續隱忍傷痛！

四

男主外、女主內，在兩性平等的社會，似乎越來越少見！
這個男人，身兼數職，外邊事業忙，裡邊吸油煙，裡裡外外一頭鑽！
工作、洗衣、燒飯、拖地、拜拜……，父兼母職，他無一不做，一個人，當兩個人用！
每天如陀螺般的轉動，午休對他來說是奢望；天一亮，洗手做羹湯，裡外皆忙！
瘦削的身軀，不是沒道理。
數十年如一日，他甘之如飴，只願妻小幸福安康！
賺了銀兩，如數奉上，換愛妻一個笑！
經濟不景氣，百業蕭條，他亦受影響，她在耳畔，串串叮嚀，生財之道。
已忙大半輩子，何不趁此，讓他停下腳步，歇一歇？

錢，夠用就好，辛苦數十年，他給了她一切，荷包已滿滿，知足最樂，命在最重要。
多一些關懷、少一些苛責。
歹命的人生，他，已經夠苦了！

五

出門忙觀光，回家看存量！
一趟遠門歸來，盯著丈夫細思量。
褪去衣衫，忙裡偷閒；猛虎下山，丈夫遭殃！
白晝忙得暈頭轉向，夜裡枕邊人，難侍候，精力再旺盛，亦不堪體力消耗。
男人要尊嚴，同床共枕，不同心，令他難為情。
她擁有財富、亦駕馭男人，「掌權」、卻無法「掌情」！
她嘮叨滿腹，他靜默不語，數十年來，她踐踏了他的尊嚴，他卻依然選擇「尊重」，他尊重她，願她亦如是！

六

「隱私權」，對他來說是奢望！

擔憂丈夫存私房，翻箱倒櫃她在行！

主觀意識強烈的她，眼裡只有自己，愛自己，勝過一切。

他將她捧在手心上，任她予取予求，只要她開口，未曾否定過，變本加厲的她，得寸進尺！

她的丈夫，無隱私的空間，她憑著感覺隨性搜覓。她的丈夫，從未領受喘息的天地！

她樂此不疲，自以為是的作風，重重的傷了一個男人的心。

他尊重她的隱私，不過問她的一切。

她竭力搜索，不是整理家務，讓環境清幽，而是尋覓大小角落，一分一毫，均不放過！

七

千金大小姐，空有軀殼！

貧寒子弟，從未仰賴他人鼻息，赤手空拳，成就大事。

自己建樹，無須他人扶助，一點一滴的累積，積沙成塔。當他擁有一片天時，仍以自謙態度，自我期許。

暴發戶的作為，在他身上看不到，他依舊勤儉持家，自省自察。

旁人誤以為他今日的成就，乃取決於昨日千金大小姐的扶持，除欽羨的眼光，亦一絲譏諷！

雖說娶個千金大小姐，陪襯嫁妝一牛車，吃穿不用愁，人生少奮鬥，不知內情的人，總以為他的江山，是天上掉下來的禮物，女方大肆贊助，才有今日！

為家庭圓融，他不願多做辯駁，將面子做給妻子。

她一手遮天，以為無人知，女強人的姿態，顯露無遺。

真理，天地皆知，還能隱藏多久？

八

她不許他的丈夫，結交異性；她自己卻交往了異性朋友！

她不許他的丈夫與女人交談；她自己卻和男人天南地北的，聊得起勁。

她軟禁了他的丈夫，不許他出門；她自己卻悠閒自在，愛上哪兒、就上哪兒！

她花大筆的鈔票，出國旅遊；她要她的丈夫省吃儉用！

家，她最大，任何事情，她說了就算！

一代女皇，屬她最像！

在他身上，看不到男人的尊嚴，他忍氣吞聲，面子重要。

女性朋友不多見，男性友人陪身旁，孤單的他，有人伴。

只要她在家，他的朋友不是過門而不入，就是點頭招呼即離去。

當朋友一個個回到自己的崗位，孤寂的心，再次浮現！

妻不賢，家無溫暖，他痛心，難過姻緣！

九

覓知音、尋知己，今生唯一，永繫心底！

她，擄獲了他的心！

數十年的歲月，未曾體驗愛為何味？她的出現，他先是欣賞、再是一頭栽。

自然流露，毫無矯情，他喜於她的率性與善良。
他深深愛戀這個小女人，為她癡、為她醉，他要給她全世界。
他許她一個美美的未來，他要呵護著她，疼她、愛她。
她為之感動，但她，只要他的關懷，如此，就已滿足！
他是個信守承諾的男人，言出必行！
小女人曾有的坎坷歲月，他不捨。
有生之年，他要以有力的臂膀，讓她倚靠。
起初，小女人懷疑，世間怎可能有此奇男子？
他告訴她：「讓歲月來考驗！」
逐漸的，小女人體會了他的真；終於，接受了他對她的好。
但她，從未思及其它，只要他平安、健康、快樂！

十

相知相惜的兩人，人生道路上，互助互信、殷殷關懷。
小女人偶爾鬧鬧小脾氣，他歡喜承受！

他知道，女人要哄、要疼、要愛，只要三者兼備，她就如小綿羊般，溫溫順順的，依偎在他的懷裡。

他輕輕的愛撫著她，在她的背部，揉了一下又一下，她感受到愛的滋味，眼皮不經意的往下掉，然後，醉倒在他的懷裡，沉沉地睡去。

他解開了她的鈕釦，一件件的褪去了她的衣衫，白皙的皮膚、豐潤的胸，玲瓏有緻的曲線，呈現眼前。

他的手，細細輕撫，舌尖一遍遍地來回穿梭，她熱氣昇騰！

纏綿悱惻的愛情故事，悄悄展開！

她沉溺於他柔情的懷抱！

從未有過的感覺，漸漸滋長。

幸福的滋味，圍繞四周。

他不辜負她！

她亦不辜負他！

十一

他想深入她的內心世界，她沒有拒絕。

愛在沸騰！

他將她攬在懷裡，小心翼翼的呵護。

他輕撩她的髮絲，柔柔順順！

他在她的額頭，深情一吻。

她感染了愛的滋潤，纖細的手在他胸前觸摸。然後，一遍又一遍的畫上小圈圈。

他將她摟得更緊了，一次又一次的吻著她的臉頰。

她微閉著雙眼，任他在身上來回穿梭。

由淺而深，他深入了她的內心世界！

兩人緊緊的交融！

天崩地裂，此情永不悔。

他有她，一陣欣慰！

她亦是！

十二

人生短暫，兩人相愛卻久遠。
一句不辜負，她放心地將愛傾巢而出。
她毫無保留的給了他！
不一樣的境界，他感動又窩心。
初次淺嘗即神往！
此生，他認定，她是他心中的唯一。
除了她，再也不會有第二個女人，躍入他的心扉！
她感念他的風範、心動他的貼心，世界不能沒有他。
每日，電話聊心事、亦聊情事！
深深淺淺，無所不談。
兩人，竟能如此的貼近？
作夢亦沒想到！
但，事實如此。

十三

他想圓一個夢，一個長長久久的夢。
善解人意的她，看穿了他的心事，決定幫他。
他感動，這可愛的小女人，願意為他如此犧牲！
他躑躅，怎可毀了善良的她？
愛，無怨無悔。
當兩顆心，緊緊相繫，為彼此圓夢，如泉湧般的付出。
情愛深濃，誰亦不願失去誰。
共築愛的「夢」，踏實而甜美！
日日夜夜，心渴盼！
年年歲歲，早實現！

十四

她亦有一個夢！
愛已深深，積極的他，付諸實際的行動。

他為她，努力進取！
他為她，實現願望！
她窩心，含情默默地凝視著他。
他那有力的臂膀，讓她倚靠。
他保證，她的夢，很快可以實現。
她不許他太累。
她告訴他，有他的承諾，就已足夠。
但她，不冀求！

十五

他為她圓夢！
她亦為他圓夢。
相知相惜的兩人，沒有自己，只有對方。
關懷彼此，用眼看、用心體會。

他懂她！
她亦懂他。
金童玉女，誰亦拆散不了。
地老天荒，不分開！
海枯石爛，不分離！
不管世俗眼光、風雨飄搖，手攜手，肩併肩，愛的路上，勇往直前。

十六

她疲倦、頭暈、反胃，種種的徵兆，如家有喜事般！
她將此訊息告訴他，他的夢，即將完成！
他開心地，緊握著她的手，要她珍重，他會負起一切的責任。
她安安心心地等待，笑靨的臉，是幸福的模樣。
她翻箱倒櫃，將寬鬆的衣服找出。
就要當媽媽的人，一臉溫馨！

乳房腫脹、下腹微痛，然後，每月該來的，來了！
她失望的告訴了他，他的夢，碎了！
不能為他圓夢，她很難過。
他安慰著她，只要她在身邊，健康平安的陪伴他，於願足矣！
他知道，她已盡力。然則，盡人事、亦要聽天命。
她一臉茫然，怎會這般？

十七

愛在滋長，裝滿心田！
他摟緊了她：「有妳陪伴，今生無憾！」
她深情相望，淚眼汪汪。她知曉，他今生最大的缺憾，唯她能圓！
為了愛，她甘願犧牲性命。
他卻不這麼想，只要她活得好好。
他為她奮鬥！

她為他犧牲！

何日夢想實現？

他有信心，她確沒有！

他勸著她，相守一日是一日，無須重力壓肩頭。

她就是放不開。

她不要短暫的相遇，她要長久的相戀。

十八

迫於現實的無奈，偶爾，必須做短暫的分開。

他頭痛欲裂！

想她！

手邊的工作，他無心理會，由櫃子取出一瓶洋酒；平日離酒遠遠的他，顫抖的手，倒出滿滿的一杯，棗紅色的酒液，在透明的杯子微微飄動。

該是低飲淺嚐的時刻，一舉杯，他竟一飲而盡！

頓時，頭痛欲裂！

抱著頭，不想其他，只想她。

由抽屜取出了她的照片，細細端詳，輕喊著她的名字，思愁如織、思緒滿懷。

他吻著她的照片，猶如吻著她的身體一般。

思念的痛，痛入心扉！

十九

她天昏地暗！

平日，他的扶持，有愛、有陽光。世界之大、人兒之多，唯他懂她的心！

有他有陽光、沒他月亮亦不見！

離別在難免，縱然，心有幾多愁，該走的時刻，亦無法強留。

前一刻，兩人談天說地，笑瞇瞇；後一刻，就要道別離，握緊雙手、抱緊身軀。

他的衣衫，有她的淚水。

他輕撫著她，要她勇敢！

她點點頭，但背影遠離，隨即昏天暗地，她的世界不能沒有他。

拉下了窗簾，在昏暗的臥室裡，哭了一遍又一遍。

她的心傷與昏暗，都是因為他！

二十

許久了，兩人的夢，尚未圓！

努力中的兩人，願蒼天有眼，垂憐些許。

從未有過的情、從未有過的愛，月老既已牽紅線，何苦千萬般折騰？

摯愛，期待久久遠遠，而非曇花一現。

掙扎與矛盾，再次降臨她的身上，心中的問號？唯天能解。

濃濃的茶、苦苦的咖啡，一杯又一杯，在胃裡翻騰，她的思緒滿滿……。

他，究竟有多少的過去？

她，真是他的唯一？

他打斷了她的思緒，「我沒有過去，妳是我的唯一，我發誓……。」

美美的世界，還能撐多久？
曇花一現？
長長久久？

後記

《女人話題》是我的第二本書。

重新出發後，心裡一直有個念頭，想出一本書，做一個慚愧的紀念。當夢想實現，腦海尚停留在《心情點播站》時，想不到鍵盤上的統計數字，已出現十萬個字，內心一陣訝異和驚喜！原來，我還有出第二本書的機會。

《女人話題》輯一為婚前的作品，雖然較生澀，但它畢竟是自己心血的結晶，因此，我沒有把它割捨的理由。輯二幾乎是今年的新作，書寫的依然是週遭的景物和生活點滴，它也是我停筆十年、重新復出後的重大改變，我已由當年的生澀進入到此時的寫實，它是否意味著成長，還是依然停滯在往日的情境裡，自己則不得而知，就請讀者們指教吧！

寫作二十餘年來，上門切磋的文友與讀者不計其數；然則，當〈女人話題〉刊出後，第一次遇到「熱情」的讀者群「對號入座」並「侵門踏戶」而來，直指我的鼻子破口大罵，多少難以入耳的字眼，在屋宇裡迴盪，讓我感到遺憾與難過，激動的情緒久久無法平復。即使我自小失學，沒有受過完整的教育，但經過這次事件，卻讓我深深地領悟到：知識與教育、歲數與涵養，並不全然畫上等號，「褒」與「貶」解讀不清，又有何資格來質問別人。

誠然，世界原本就無奇不有，為文者，我看、我思、我寫，自然地反映了社會百態，揭開人性醜陋的一面，它不僅是一位文學熱愛者的職責，何嘗不是生長或落腳在這塊土地所有人的責任？難道忍心看它一天天的沉淪？還是要置它於死地、讓它沉沒才甘心。如果只能褒不能貶，社會還有什麼公平正義可言。然而，當我憤懣的情緒逐漸地平復時，卻不得不重新思考，倘若與這樣的人一般見識，勢必失去自己的格調，因此，我選擇原諒。

感謝承坤，我的先生，他除了為我打造一個溫馨、幸福、美滿的家外，也同時給予我重新出發的勇氣和許多寶貴的意見，讓我的文學生命得以延續，而後在文壇放射出一絲小小的光芒。但願他亦能重拾文學之筆，夫妻共同為浯島這塊文學園地努力，以免辜負讀者對我們的期望。還有我的兩對兒女，在我創作的過程中，給了我許多靈感與支持；這幸福溫馨的家，雖沒有耀眼的光芒，卻裝填著滿滿的愛！我會永永遠遠記在心坎裡。尤其是我的大女兒詩涵，今年順利地進入護專就讀，冀望她來日學成後，能擎舉著白色的炬光，發揮南丁格爾燃燒自己照亮別人的精神，回到這個她生長的島嶼，為鄉親們服務。

感謝陳長慶先生，在他的鼓勵、催促與鞭策下，激起我創作的能量，讓我的文學生命未曾中斷，誠摯的感恩，常懷心底。文學這條路，我一定會一步一腳印，無怨無悔地走到它的盡頭。

二〇〇七年十一月　於金門夏興

國家圖書館出版品預行編目

女人話題 / 寒玉著. -- 一版. -- 臺北市 :
秀威資訊科技, 2007.12
面； 公分. --（語言文學類；PG0168）

ISBN 978-986-6732-59-1（平裝）

855　　96025359

語言文學類　PG0168

女人話題

作　　者 / 寒　玉
發 行 人 / 宋政坤
執行編輯 / 黃姣潔
圖文排版 / 郭雅雯
封面設計 / 蔣緒慧
數位轉譯 / 徐真玉　沈裕閔
圖書銷售 / 林怡君
法律顧問 / 毛國樑　律師
出版印製 / 秀威資訊科技股份有限公司
台北市內湖區瑞光路583巷25號1樓
電話：02-2657-9211　傳真：02-2657-9106
E-mail：service@showwe.com.tw
經 銷 商 / 紅螞蟻圖書有限公司
台北市內湖區舊宗路二段121巷28、32號4樓
電話：02-2795-3656　傳真：02-2795-4100
http://www.e-redant.com

2007 年 12 月　BOD 一版
定價：390 元

讀　者　回　函　卡

感謝您購買本書，為提升服務品質，煩請填寫以下問卷，收到您的寶貴意見後，我們會仔細收藏記錄並回贈紀念品，謝謝！

1.您購買的書名：____________________

2.您從何得知本書的消息？

☐網路書店　☐部落格　☐資料庫搜尋　☐書訊　☐電子報　☐書店

☐平面媒體　☐ 朋友推薦　☐網站推薦 ☐其他__________

3.您對本書的評價：(請填代號　1.非常滿意 2.滿意 3.尚可 4.再改進)

封面設計____　版面編排____　內容____　文/譯筆____　價格____

4.讀完書後您覺得：

☐很有收獲　☐有收穫　☐收獲不多　☐沒收獲

5.您會推薦本書給朋友嗎？

☐會　☐不會，為什麼？____________________

6.其他寶貴的意見：____________________

____

____

____

讀者基本資料

姓名：____________________　年齡：______　性別：☐女 ☐男

聯絡電話：________________　E-mail：____________________

地址：____________________

學歷：☐高中(含)以下　☐高中　☐專科學校　☐大學

☐研究所(含)以上 ☐其他______________

職業：☐製造業 ☐金融業 ☐資訊業 ☐軍警 ☐傳播業 ☐自由業

☐服務業 ☐公務員 ☐教職　☐學生 ☐其他__________

請貼
郵票

To：114

台北市內湖區瑞光路 583 巷 25 號 1 樓

秀威資訊科技股份有限公司　　收

寄件人姓名：

寄件人地址：□□□

(請沿線對摺寄回,謝謝!)

秀威與 BOD

BOD（Books On Demand）是數位出版的大趨勢，秀威資訊率先運用 POD 數位印刷設備來生產書籍，並提供作者全程數位出版服務，致使書籍產銷零庫存，知識傳承不絕版，目前已開闢以下書系：

一、BOD 學術著作—專業論述的閱讀延伸
二、BOD 個人著作—分享生命的心路歷程
三、BOD 旅遊著作—個人深度旅遊文學創作
四、BOD 大陸學者—大陸專業學者學術出版
五、POD 獨家經銷—數位產製的代發行書籍

BOD 秀威網路書店：www.showwe.com.tw
政府出版品網路書店：www.*gov*books.com.tw

永不絕版的故事・自己寫・永不休止的音符・自己唱